有米

陳曉蕾 著

從稻米感知的綠生活

台灣自然作家劉克襄

有回行山，經過西貢上窰客家文化館。隨心走進昔時的舊宅參觀，裡面除了擺置一些早年的農具，還有當年耕作的舊照，描述此地尚未形成郊野公園前，農村生活的景觀。

旋即，我被一張橫開的圖表吸引了。裡面以簡單的圖案說明昔時這兒種稻的時序，一旁還有文字解說。我方才了解，附近海岸的荒廢草原，曾經種植水稻和旱稻，還有讓我眼睛一亮的鹹水稻。水稻的種植，相信大家都非常熟悉。唯旱稻不須太多水灌溉，而鹹水稻在半鹹半淡的環境裡生長，都是大家陌生，卻可以豐富想像，甚而對未來有所啟示的耕作方法。

此一參觀後，日後我在香港穿村繞圍，邂逅當地老人，總會設法探問看看，過去是否有種稻，有無種旱稻或鹹水稻？儘管多數老人們無法清楚說明種稻的情形，甚而描述栽種內容，但我還是約略知悉了，早年香港種稻的梗概，或者聲名遠播的元朗絲苗，到底是何種美好的稻。更因為這一追探，我才知悉，晚近已有人嘗試在塱原復耕，希望消失了半甲子的水稻重新回到香港。

半世紀前，香港還擁有廣闊的水稻世界，只是經過快速的城市發展，許多適合耕作的優質土地都被灌以漿泥，建出一棟棟石屎大樓。不少魚塘蠔田和菜畦果園，一如水稻的悲慘命運，都在這一變遷中，迅速成為城市開發的墊腳石。

如今，任何人乍聞香港重新水稻耕作，相信都以為是憑空想像的神話。但水稻再度栽作已經好幾年了，也逐漸有一象徵意義。只是這一既存的意義，大家也會有疑惑。

畢竟，在有限的土地嘗試種稻，恐怕只能讓非常少的人餬口。這樣的水稻耕作難道只是為了鄉愁懷舊，讓都會人感受昔時水稻的模樣？或者是透過此一種稻作的照顧，更深層體驗人跟土地的情感？又或者，日後當作環境教育解說，一如香港濕地公園成為觀光旅遊的景點？

不，重新種植水稻，並非只是回首往事而已。它還是一樁前瞻性的農業實驗。如今重新栽種，方能更了解一個城市在高密度開發下，跟最基礎農業間會產生何種互動。還有早年的農業耕作，是否能經由新的農技，解決目前的一些糧食問題。又或者，旱稻或鹹水稻可否在鹽化後的土地栽種，解決荒地的一籌莫展。這些都是香港水稻復耕實驗裡，可以扮演的稱職角色。

香港不只是站上國際舞台成為金融中心，或者成為繁榮城市的表徵，它亦可在綠化城市，或者農業再生的規劃裡，找到一個精彩位階，改變自己的無農業窘境，甚而成為一個農業生態技術領先的地方。

我以稻米為例，論述了這座大城和水稻間的可能互動，其實也是期待大家在閱讀曉蕾的文章時，能夠有這麼一個活潑的立基點，方能理解她這一系列綠色報道的信念。

本書裡，那些努力於城市一隅，像愚公移山，堅持理想的人，在香港這一處農業沙漠，栽種著可能養活不及百人的蔬果之園，或者以最節能的方式在城市邊緣過著綠色生活，似乎有著昧於事實的浪漫理想。但他們帶動的影響，是與時俱進的。

不論堅持有機農業，或者實踐綠色生活，這些在台灣仍處於少眾熱切追求的生活價值，在此更像稀有物種。它們彷彿在石屎大樓牆角，顫巍巍地伸出綠芽的野草。正因為身處在一個食物幾乎完全仰賴外地供應的大城，這個「自力耕生」的拚鬥，愈加顯得意義非凡。

本書裡一些文章，早些時我已在她的部落格拜讀。會先接觸的原因，緣於自己有些香港農業問題想要尋求解答，搜尋之後，總會在泊靠其網站時，找到共鳴。那時我隱然知悉，有人在這個農業荒疏的大城，正在為食物和環境的問題，提出嚴肅的思考和警訊。我彷彿座頭鯨族群的成員，在茫茫大海中，聽到另一頭，在遙遠彼端發出美好的歌聲，但它是那麼孤單，等待著更多的回應。

我和曉蕾的認識便是在這個情境下，也知道她在這個環境，必須付出更為千百倍的心力，才能和她筆下所關懷的人物，一起把香港農業和綠色生活的信念傳遞出去，帶動更多人關切。看著她一邊憂心家園變質，一邊繼續充滿樂觀積極的報道筆調，我更無法只是遙遠的致意。多麼希望台灣也能借鏡，甚而展開更密切的交流，相互擷取美善之處，激盪出更多綠色的花火。

香港正在進入一個新的歷史時期

前香港天文台台長林超英

香港，我們的家，山巒起伏，溪流婉轉，有平原曠野，有海灣島嶼，雖然只是一千平方公里的南粵一隅，卻是一片獨具特色、風景千姿百態的土地，加上季候風的扶持，以及珠江與南海的滋潤，風雨適中，養育出萬千生靈。香港的先民在這片土地落腳，就地覓食，也許是蠔蜆，也許是魚蝦，也許是花果草藥，也許是後來農耕文化裡的穀物、瓜菜、雞鴨、豬牛等，總之生活在自然之中，順應自然界的種種循環，取食於自然，把生命寄託在自然之上，也因此活得像自然一般生生不息，從來不用擔心所謂「可持續發展」！

上世紀中第二次大戰後的復原期，本地漁農業是香港人的生命線，元朗絲苗是香港的稻米名種，我們這一代還有幸見過稻田和享受過元朗絲苗的美味，其實直到八十年代，雖然香港經濟進入蓬勃增長期，但是本地農田出產的蔬菜仍佔港人需求的三分之一，本地生豬則佔約五分之一。可惜隨後三十年，內地農產品湧入，養豬業被視為污染而禁絕，香港的農業走向式微，大片農田荒廢。如今三十歲以下的一代大多視超級市場貨架為食物來源，失去了與土地的連繫，沒能夠知覺自然在養育著人類，誤以為錢可以解決生存、生活，甚至生命的問題，將人生的能量傾注在現代社會人工化的無數瑣碎之中，飄浮無根，煩惱而不知其所以然。

幸好最近幾年，物極必反，愈來愈多人醒覺到生活不只是為了賺錢、購物、狂歡，發展不只是建樓、建路、建橋。天星碼頭事件、喜帖街事件、菜園村事件、佔領中環等等，反映年輕一輩再不接受隨意砍斷人與土地關係的「發展」，大家願意重新思考人生所為何事，重新重視生活與土地的連繫，各自在想辦法，找尋一種新的生活模式，讓人活得更豐盛，更開心，我想香港正在進入一個新的歷史時期。

曉蕾的書，透過一篇又一篇表面看似乎不大相關的文章，交叉串聯，編織出當今香港人在這個歷史轉折點過渡的故事。過去為了「經濟發展」，香港人付出了巨大代價，我們失去了春天的一年一度燕歸來，夏日農地的涼風習習，秋天滿載金色稻穗的田野，冬天免費為我們消滅蟲害的寒風。除了分明的四季，我們還失去鄰里之情、生活裡的自主等，曉蕾透過辛勤搜尋得來的無數人生片段，從眾多角度點出所謂現代生活隱藏的種種缺憾，以及告訴我們香港不同的人怎樣努力地跳出經濟至上的傳統框框，讓自己活得不落俗套，活得更精彩、更多自主和更有意義。他們根據自身的性格和人生經歷，選擇的生活模式各師各法，各自各精彩。人要生活圓滿，實在沒有唯一的路徑。曉蕾這本書展示出多種的新生活嘗試，提供素材讓讀者自己去思考，去塑造最配合自身條件的新生活模式，這是很大的功德。

真正的可持續發展，目標應該是人類永續，以及每個人都活得開心和有尊嚴，唯一的辦法是活在自然的種種循環之中，如此方能無始無終也，才沒有人類滅絕的擔憂，才不必提出可持續發展這個命題。在我來說，尊重自然規律的農業，是可持續發展的唯一實在基礎，不過我只懂講而不曉做，很高興在曉蕾的書中看到，香港已經有人以遷入農村和令荒廢農田復耕等這些實際行動，去建設香港可持續發展的新基礎。目前大家仍然是一小步、一小步地走，不過我想將來歷史回顧，香港人會感激這些先行者的創意和啟示，謹藉這個機會鼓勵各位回歸農村的朋友繼續為香港的美好未來堅持下去。

曉蕾是講故事的能手，不用說大道理而自然能感染讀者，這跟她的勤力用功是分不開的，不過我想最關鍵的還是她以香港為家的思想，全書透出關懷香港的人和土地的情意，讀起來就像跟一個朋友談心，香港需要多些像曉蕾的本土作者。

曉蕾，加油！

自序

香港有米嗎？

有的。

二零一零年長春社終於在塱原種出超過兩噸稻米、菜園村生活館種出二百公斤，一些私人農場亦有數千公斤收成，在粉嶺南涌那唯一公開讓人使用的打米機，便收到新界多個不同農場種出的稻穀。

這些收成，比起每年香港人大約吃掉的三十三萬噸，填牙縫也不夠，可是很有意思：今時今日的香港，竟然有人嘗試種糧食，「搵食」不是向人低頭，而是向土地彎腰插秧；「為啖飯」付出的，不盡是妥協，而是有尊嚴地腳踏實地，找回失落了的米種、重新摸索種米技術。

明白粵語的都知道：「有米」——說的往往不是稻穗纍纍，而是錢包響噹噹！

膽敢說：香港有米！因為這幾年到處採訪，深覺香港遠比我們想像的「富裕」：近七成面積都是綠色，繁密的林木、豐富的動植物，實在很少城市可以有如此豐富的自然資源。香港生活，亦比大家想像中豐富多元：搬進鄉郊、投入農耕、佔領中環、唔幫襯大地產商、推動永續設計等等，漸漸形成的社群，用各種各樣的方法，追求更好的生活。

香港在一些人的心目中，一直縮小，然而在走訪的過程中，卻看見更大的香港。

這本書，除了把我多個專欄的文章重新整理結集，還收錄了多篇在台灣採訪的報道。拙作《剩食》有幸取得二零一一年「開卷好書獎・十大好書」（中文創作），出版社慷慨資助我去台灣領獎，馬上把握機會去花蓮和宜蘭採訪！謝謝台灣農業雜誌《鄉間小路》編輯沈岱樺熱心地穿針引線，看到當地如何透過農業，經營社區，好羨慕。

後來岱樺來香港，隨即請她舉行分享會，回應講者包括好些長期推動香港農業發展的朋友，談到了好多深層的問題，這分享會的撮要，亦收錄在書裡。

全書分為春、夏、秋、冬四篇章：

盛夏起飛：由一個天台菜園，放大到全港的都市氣候圖，香港的建築規劃對氣候影響極大，城市裡也不只有人，蚊子、燕子等也通通受到牽連。

燦爛秋日：以花草編婚戒、在家生孩子、成立生態村……不要懷疑，這已經不只是一兩個香港人的選擇，城市很擠，可是抬頭一看，好大的天空。

突然寒冬：香港不只房地產，也有本地產，不同年紀不同背景的香港農夫，透過大地得到力量，走出自己的路。

春天有多遠？從一粒米，看到香港發展的故事，再從台灣「青年回農運動」這片亮晶晶的鏡子，希望得到啟迪。

衷心謝謝劉克襄老師和林超英先生寫序。素仰林超英先生對氣候和生態的真知灼見，卻沒想到他在出任天文台長時，曾經在官邸種米！劉克襄老師這一年在香港嶺南大學擔任駐校作家，不時在報章雜誌發表這地的自然與鄉郊觀察，每一次讀到，都覺得寫到心裡去了。

一直欣賞台灣設計師王春子的作品，由雜誌《蘑菇》到書籍《樂活國民曆》，她筆下的城市與自然生活，安靜美好，很高興這次可以合作。謝謝JAY長期協助攝影，農夫葉子盛審閱本書初稿，賈旭義務筆錄《鄉間小路》在港的分享會，以及三聯書店專業的出版團隊。

感謝你們每一位讀者，讓我可以繼續採訪。

盛夏起飛

燦爛秋日

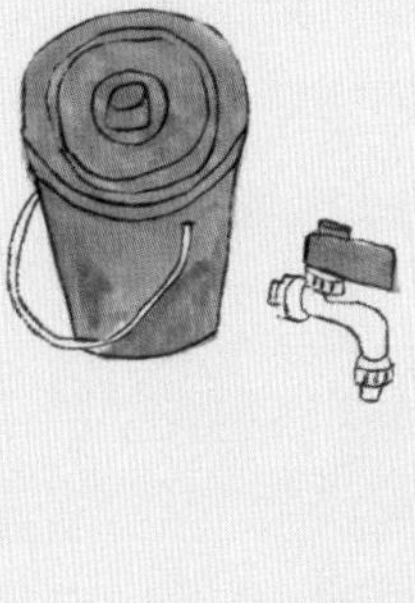

突然寒冬

春天有多遠？

如果香港是一間房

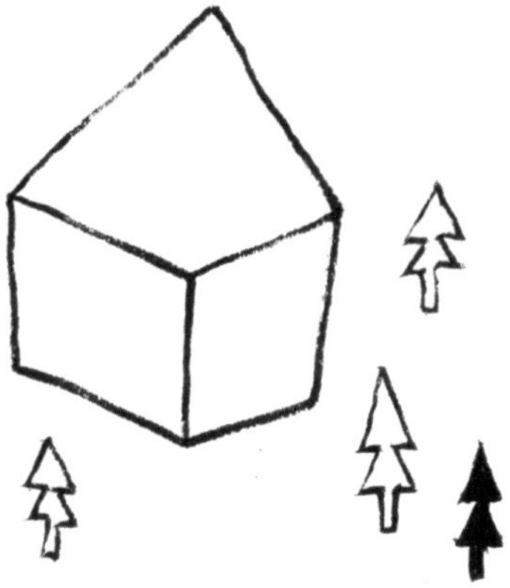

如果香港是一間一百平方呎的房間：
七百萬人就擠在那七格一平方呎的地板上；
大家最驕傲的商業用地，還不足半格；
工業用地多一點，差不多有兩格半；
兩格是政府在用；
有一格半是空置了的，或者是正在興建的地盤；
我們的小孩，在兩格的公園、遊樂場、運動場上玩耍；
我們最後，葬身於少於一格的土地裡；
有五格留給川流不息的交通工具，包括道路、鐵路、飛機；
路有多大，農田就有多大，
農田原來同樣有五格，只是當中超過八成都荒廢了；
還有有四格半，是水，包括漁塘、水塘、河道、明渠；
剩下那六十七格，全部都是綠色！
林地、灌木、草地、紅樹林……

城市的價值觀是香港的一切，然而實際面積佔全港還不到四分一。

二零一一香港土地用途

類別	大約面積（平方公里）
住宅	
私人住宅	25
公屋	16
鄉郊居所	35
商業	
商業／商貿和辦公室	4
工業	
工業用地	7
工業邨	3
貨倉和露天貯物	16
機構／休憩	
政府、機構和社區設施	25
休憩用地	25
運輸	
道路	40
鐵路	3
機場	13
其他都市或已建設土地	
墳場和火葬場	8
公用事業設施	7
空置發展／正在進行建築工程的土地	16
其他	22
農業	
農地	51
魚塘／基圍	17
林地／灌叢／草地／濕地	
林地	249
灌叢	293
草地	191
紅樹林和沼澤	5
荒地	
劣地	2
石礦場	1
岩岸	4
水體	
水塘	25
河道和明渠	5
總計	1108

資料來源：香港特別行政區政府規劃署

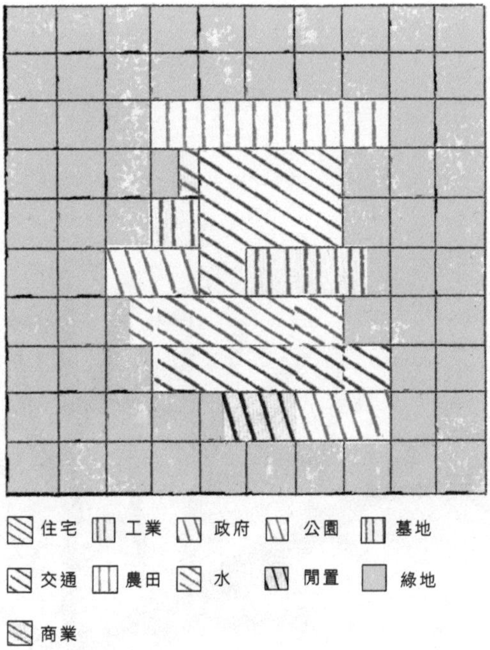
住宅
工業
政府
公園
墓地
交通
農田
水
閒置
綠地
商業

盛夏起飛

二零一一年，香港沒有春天。

三月是一百二十六年來最乾旱的，四月又是一九七零年以來降雨量最低，五月首個酷熱天氣警告是自一九九九年警告制定以來，最早的一次。

然後突然連場大雨，天空像破了洞。

「It is difficult to rain, but if it rains, it pours」。天文台形容因為氣候變化，大氣可容納的水氣增加，就如一個水桶，以前是小桶，很快滿瀉便下雨，但現在是一個大水桶，很長時間才載滿，但一滿便是傾盆的大雨。

這年的夏天，還特別熱，八月的酷熱天氣日數有十天，比正常多了三倍，原來又悶又熱的天氣，跟香港的城市規劃有很大關係。

天台菜園

在最熱的天，Sarah租下一個工廠大廈的天台，一心建造自己的菜園。一千呎地方，月租一千元，她的公司就在隔壁的大廈，每一天，她都提早一小時出門，來到天台打理菜園。

「何止是晨運？簡直是高溫瑜伽！」Sarah大笑，盛夏的天氣真的熱死人，還沒到早上八點天文台已經打出酷熱天氣警告。我曾經想寫一篇文章叫「熱死人」，打了這三個字便頭昏腦脹的，什麼都寫不出來。Sarah聽了一直笑，也有同感：「如果不是曝曬，就一定是下暴雨！」

她本來特意在天台四邊的鐵架掛上一條條布條，再塞進一瓶瓶大膠樽收集雨水，可是幾天大雨都不夠應付接著的連場酷熱，而且一瓶瓶水倒來倒去也走得一身大汗，終於還是接駁自來水，改用花灑灌溉。得一想二，連隨又買了一座直立式噴霧風扇，一邊吹風、一邊噴霧氣，她說：「原本想盡量少用電，可是真的受不了。」到底是城市人，也不願曬黑，戴上帽子、架上太陽眼鏡，還厚厚地塗上防曬粉底。

在鄉郊，有水源有風景，再熱也有樹蔭，偶然山邊一陣風，叫人舒服得說不出話來。可是工廠區的天台，四周除了熱氣便是廢氣。

Sarah女兒第一次種出來的baby carrot，真的好baby。

這樣的環境，竟然還有收成。薄荷葉、金不換，這些抵得住酷熱多雨的香草都長得很好，粗生的番薯葉也收成了兩次，Sarah笑說炒了只得兩小口，但和丈夫一人一箸也吃得好開心。

Sarah完全沒學過種菜，一般人會先去綠田園基金、老農田．農場租地學種菜，或者去馬屎埔上耕種班，甚至參加政府康文署主辦的社區園圃計劃，她卻貿貿然就租下這天台。「康文署的計劃太多人參加，要抽籤，試過報名但抽不中，而那些教人種菜的農場都好遠！」她說上班已經很累，放假再去老遠的鄉下，下了地鐵還要等小巴，太累了，然而心裡一直嚮往綠油油的菜田，可以自己生產一點點食物，唸幼稚園的女兒也可以一起學習體驗。

「媽咪，我要去你的garden！」現在一到周末，女兒就會黏著她一起來。

初次種菜，Sarah 原先還畫了一幅規劃草圖，但實行上來卻很隨意，前陣子吃完西瓜，打算用瓜籽種西瓜，失敗了，接著吃了一個哈密瓜，把瓜籽拿上天台曬，剛好下雨，意外地全部都發芽，於是又種了一排哈密瓜，暫時長得好好的，不知道會否有收成。

「感覺好 free！想種什麼，就種什麼，雖然有些會種死，但又可以再種啊。」Sarah 特地買了一本參考「天書」：《第一次學種菜》。

從 Sarah 的天台望出去，竟意外看到附近很多工廠大廈頂層都是一片翠綠，有的甚至搭建了瓜棚，規模還不算小。香港有 88% 的人住在十樓以上，抬頭一看，菜園卻可以那麼近。

Sarah 租約一簽就是三年，她很有信心期間可以成功把業主拖下水，三年後也一起種菜：「最近業主已經拿了兩盆植物上來，請我幫她淋水！」

土瓜灣的「通天菜園」由充滿創意的電影文化中心（香港）與re:ply工作室合作，善用舊物件，並鼓勵街坊一起來種菜。

城市沒有風

香港愈來愈熱的其中一個原因，是欠缺規劃的高樓大廈。

天文台曾經比較香港和澳門在一九五一年至二零零七年的平均溫度，香港每十年上升0.17°C，比澳門的0.10°C高出四成，再把年份拉闊至一九零一年至二零零七年，香港平均溫度更比澳門上升超過五成。天文台假設澳門期間的城市化比香港慢，因而推斷：香港有一半的氣候變暖，是城市化造成的。

旺角的居民都會記得二零零四年，六十層樓高的朗豪坊平地崛起直插上天，登時把區內奶路臣街由西向東的整條通風長廊，擋住了。

沒有風，會怎樣？

「沒有風，會死掉嗎？可能習慣後甚至不覺一回事，不過後遺症是一有瘟疫，便難以控制，像SARS（非典型肺炎）。」中文大學建築系教授吳恩融一針見血地指出。他二零零二年開始受政府委託研究城市裡建築物對通風的影響，並且統籌編製「香港都市氣候圖」（Urban Climate Map）。

如果政府會像德國、日本一樣肯跟著氣候圖立法規劃城市，朗豪坊的設計一定不一樣。

說來諷刺，政府著手研究建築物對城市的影響，最先是應地產界要求。

二零零二年一些地產商不滿政府對通風及採光的規定，覺得廚房的窗要對外、不可對著天井等等要求，限制了樓宇設計，政府於是展開研究。吳恩融說當年：「地產商覺得不夠光，就開燈；沒有窗，就裝抽氣扇，而政府，我覺得是回歸後不希望收入減少。他們找我研究，希望有數據支持放寬——但顯然找錯人！」

吳恩融的報告不但不建議放寬，反而要加強管制，增加樓宇的通風和採光。「有高官對我說：『無光唔會死！』『但無光會盲呢！』我答。地產商威脅要開記者會，揚言加強管制樓價會貴一倍，我說好啊，看市民信我，還是信你？」

報告交給政府後，便被雪藏，直至爆發SARS。政府再委託吳恩融進行「空氣流通評估方法可行研究」。這次研究結果納入了《香港規劃標準與準則》第十一章，然而建築新規章和舊規章同時並行，發展商可以自行選擇是否跟從。

二零零六年吳恩融更得到撥款要在三年內制定「香港都市氣候圖」。「氣候圖」率先在二十多年前於德國使用，當地政府立法規定：任何建築均不得影響周邊環境。每一個德國城市都做了仔細的環境數據圖，清楚知道城市的風向日照等，以此限制建築的高度密度。

東京在完成數據收集後，也隨即找出哪個地區情況最惡劣，優先整治，區內若有重建項目，都必須考慮整體城市環境為大前提。例如斯圖加特市早在一九三八年，市環保辦事處已經設立都市氣候部門，確保城市發展必須符合可持續發展原則及尊重自然環境，並且負責制訂都市氣候圖，為規劃工作提供指引。

日本東京政府在二零零二年也公布首批用於城市規劃的都市氣候圖，政府隨即針對四個情況最嚴重的地區：東京市中心、新宿區、大崎及目黑地區、品川站及周邊地區製定行動方案，區內若有重建項目，都必須考慮整體城市環境為大前提。

香港都市氣候圖

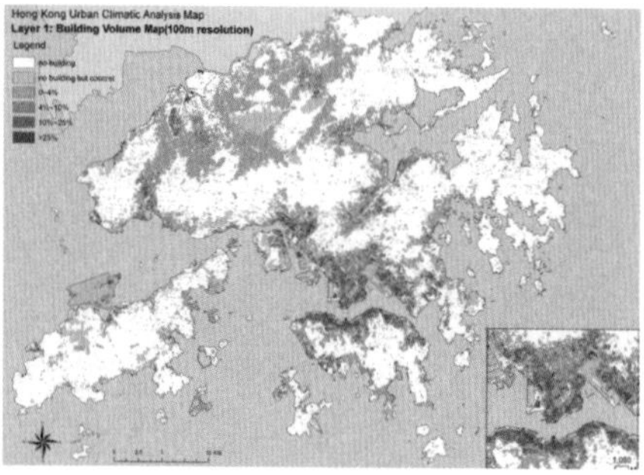

1. 建築物體積
白色部份並沒有建築物，愈深棕色代表建築物體積愈大。

了解如何製定氣候圖，就會明白什麼原因導致香港又熱又悶。

吳恩融的研究團隊首先把香港分為六個圖層，再分成兩類，第一類有三個圖層，顯示三項元素影響城市會否很熱：

1. 建築物體積——大體積的建築物收集了太陽輻射、減少空氣流動，不單儲存更多的太陽熱量，同時亦減少可見天空，就算到了晚上，仍然影響散熱。

2. 地形——海拔愈高，氣溫愈低，香港多山，也影響受熱程度。

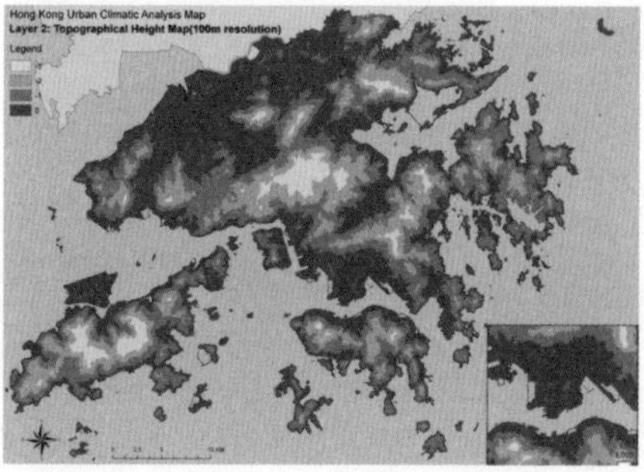

2. 地形
等高線愈高愈淺色，中間米色最大面積的是大霧山，新界西北是大平原，也就是傳統的種植區，例如元朗。

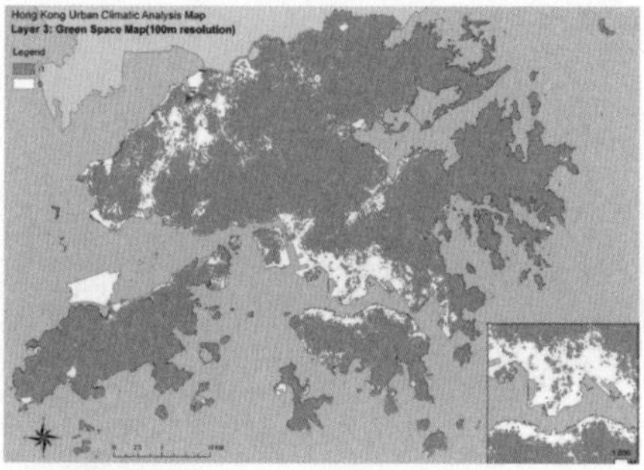

3. 綠化空間
香港近七成土地都是綠色，絕大部份香港人和遊客，卻擠在蒼白的城市裡。

3. 綠化空間——綠化設施可以降溫和遮陰，降低周邊地區的氣溫。

把這三幅圖加起來，就是「熱能壓力」圖，可以分析影響局部地區熱能壓力的重要變數，建築物吸了太陽輻射，又沒有綠化設施，加上位於平地，也就熱熱熱。

第二類的三個圖層，是三項會影響通風的元素：

4. 地表覆蓋率——香港建築有高度限制，卻沒限制佔地的覆蓋率，一個大蛋糕似的平台，其實比同樣體積的柱狀建築更擋風。

5. 自然植被——草地比起林地，更能讓城市通風。

6. 與空曠區域的距離——鄰近海濱、空曠地段、或者有植被的斜坡，都可以增加空氣流通。

把這三幅圖加起來，就是「風流

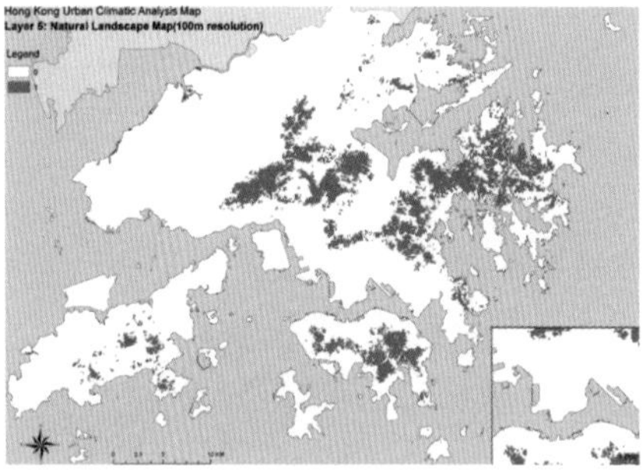

5 自然植被
綠色都是歡迎風吹進來的草地。

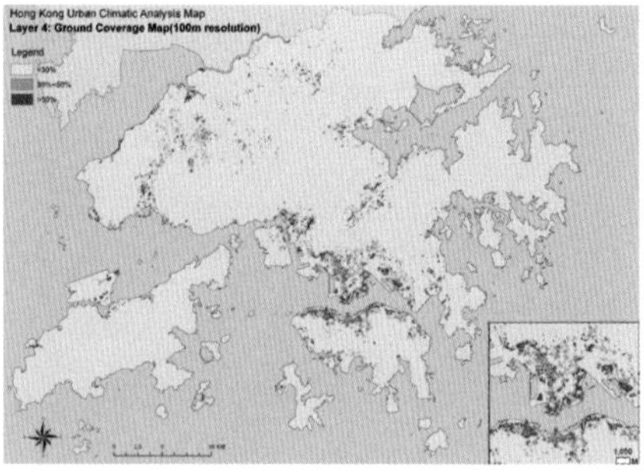

4 地表覆蓋率
最深色的地方，建築物的覆蓋率超過一半，風也就難吹進來。

通潛力圖」，可以分析影響風環境的重要變數，如果好多大型平台單位，沒有草地，距離海邊和空曠地段等很遠，風就很難吹進來，也就悶悶悶。

把熱壓力和通風兩類共六個圖層綜合分析，便是氣候圖的草圖（見P.33上圖）：

深深淺淺的綠，只要保持不變；米色到橙色，開始要採取行動，紅色到棕色的都是「重災區」，需要馬上

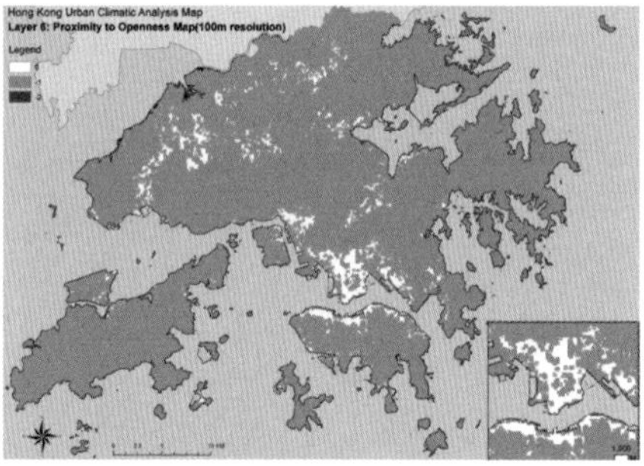

6 與空曠區域的距離
棕色的全部都是開揚的地區，白色的，卻很可能就是打開窗子看見對面屋。

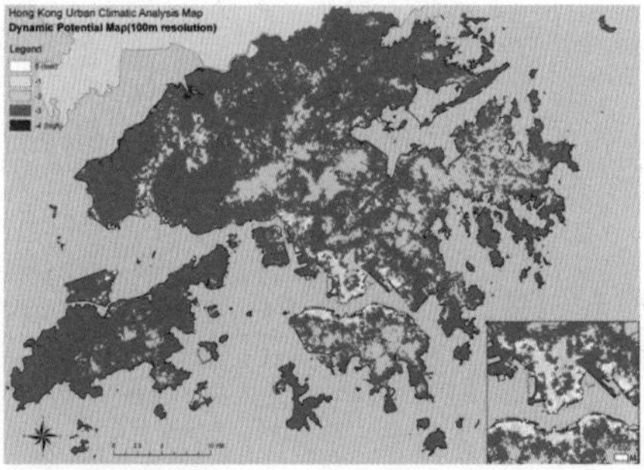

把圖 4、圖 5、圖 6 加起來，就是「風流通潛力」圖，愈是深色的地方，愈有潛力讓風吹進來。

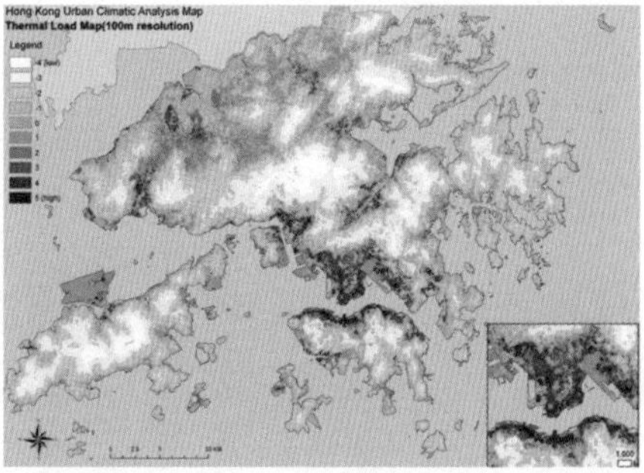

把圖 1、圖 2、圖 3 加起來，就是「熱能壓力」圖，愈深色的地方，愈有壓力覺得熱。

採取行動。那些地區對香港人一點也不意外：上環、中環、灣仔、銅鑼灣、北角、尖沙咀內街、油麻地、旺角、荔枝角、觀塘等等，直衝上天的建築物，龐大而密集，連走在路上也覺又悶又熱，半點風也沒有。

風可以分為十度，人只需要有1.5度的風，已經會覺得舒服，並且可以吹散困在城市中的熱氣和汽車噴出來的廢氣，但在這些重災區，風度甚至少過0.1度。

由於建築物的體積和覆蓋率都沒有規劃，把香港三分二的風都擋住了，今天能擠得進市區的風，只是八十年代的三成多。

天台綠化，可以幫助香港涼快一點嗎？

吳恩融搖搖頭，歐洲日本等地方行得通，因為建築物離地十米八米，香港的天台卻是六十到一百米高，離地遠，面積又細，綠化的好處不足以應付城市的熱。「馬路兩旁，要種樹。」他斬釘截鐵地說，綠化的高度由地面到二十米，才能吸去折射的陽光。

現在有不少聲言節能減碳的物料，由頂層到玻璃窗各式各樣的產品，都說用了可以減少建築物吸熱。可是吳恩融坦言作用都不大：建築物的座向和設計若然沒有一早考慮環境因素，建成後很難彌補。香港的建築物使用鋼筋水泥，太陽熱，鋼筋水泥吸熱，夜裡太陽落下，建築物卻繼續散熱，熱氣都困在石屎森林裡，散不出去。

他的建議很直接：增加地面種樹，減低太陽折射；減少大廈佔地面積，騰出空地讓鋼筋水泥可以散熱。

在一切靠地產的香港，這簡直匪夷所思。

氣候圖如期在三年完成，政府一直雪藏到二零一二年特區政府將近換班，才在年初「輕輕」推出諮詢文件。規劃署根據吳恩融呈交的氣候圖的草圖，再把全港分為五個區域（見P.33下圖）。按每區情況保留或改善通風設計，例如增加綠化空間、減低地面覆蓋率、增加建築物通透度、甚至建立「通風廊」。

對於熱悶的「重災區」，諮詢文件建議必須實施緩減措施，包括增加開敞空間，再綠化街道，植樹，並且不建議再發展。用地正面長度超過一百四十米的發展項目，亦要進行空氣流通評估。

不過這份諮詢文件的建議就算落實，估計也是修訂香港規劃標準與準則，屬於沒有約束力的指引。

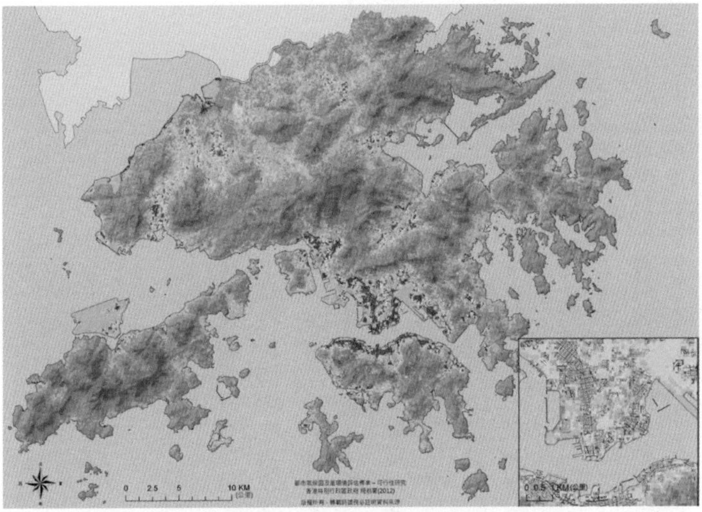

香港都市氣候分析圖：此圖以八種顏色將香港氣候特性分為八個級別，越是綠色的地方，表示熱負荷低及有良好通風；越是深紅色表示非常高的熱負荷及不良通風。

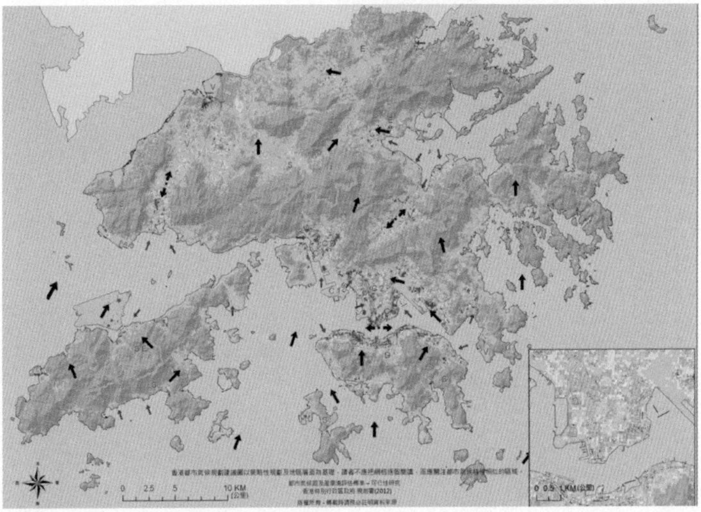

香港都市氣候規劃建議圖：紫色箭嘴為海風風向，黑色箭嘴為該區夏季最盛行的風向。此圖以策略性規劃及地區層面為基礎，把香港分為五種氣候相似的區域，以五種顏色做代表。

（氣候圖由香港特別行政區政府規劃署提供）

氣候圖在香港，可能僅僅是參考作用。

吳恩融難免失望，他說新加坡已經立法限制建築物的佔地率，起碼要預留四、五成是空地，可以綠化、通風、散熱：「新加坡政府和人們，對生活質素都有要求，整個發展都比香港長遠。」他強調只要長期堅持，香港是可以變涼快的：密集的地區，在重建時要求大廈之間預留距離，就算不能像「扇面」改善整個區域，也要盡量保留一條通風道，再不行，一個綠化點也是好的，例如中環街市已經是中區的透氣位。

他指出，香港不是沒試過增加通風而拆樓：「一八九四年黑死病蔓延，政府便拆掉中西區很多樓宇，那次死了十萬人。我估計最嚴重的瘟疫還未發生，是否一定要去到這個地步才會回頭？」

大政策也許只能繼續監察推動政府，小行動，卻是大家都可以馬上參與。

吳恩融在中大的辦公室一直沒開冷氣：他放一個小風扇在地上，再在最高的窗門裝一個抽氣扇，風便從低處流向高處。也曉得風扇比冷氣機省電二十五倍，卻只懂把風扇放在身邊吹，若像這樣加一個抽氣扇，涼風輕輕吹遍全身，不但更舒服，還不會吹亂桌子上的文件。

不靠冷氣而感覺涼快，是學問。

他瞄一瞄辦公室的溫度計：「27°C，好舒服，政府建議冷氣機溫度在25°C是傻的。」會否覺得熱，有三個因素：人體溫度、輻射溫度、風。風可以令人感覺涼快，假設辦公室的溫度不變，但一關了風扇便會覺得熱，所以室內要有足夠及適當的窗門產生對流風。另外，太陽是主要的熱力源頭，減少陽光曬到建築物，就可減少鋼筋水泥儲熱，也不會在日落後仍然散熱，令室內悶熱，最直接的方法是在牆外裝百葉簾，次選才是室內裝窗簾。

令室內涼快的方法還有很多，像台灣「平民綠建築推手」邱繼哲所寫的兩冊《好房子》，便有詳細介紹。不過吳恩融強調，建築物的座向和設計一旦忽略通風和遮陽，事後能做的實在有限。

「香港人為何要看示範單位，而不是實際買的單位？地產商為何不提供這單位的通風效率有幾高，能源效益有幾好？或者環保系數是多少？」吳恩融坦言這些和生活有關的資料，建築師全部都會知道，但市民買樓卻被蒙在鼓裡：「香港人為什麼不要求？如果懂得堅持要有對流窗增加通風，地產商還敢只用會所作招徠？」

不但沒要求，而且貪方便。

開窗要站起來，要用幾個動作，力氣比按下冷氣機的電掣多，如果用遙控器開冷氣更是連站起來也不用——可是方便，是有代價的。所消耗的能源，帶來溫室氣體導致氣候變化。

吳恩融最近很氣建築系的學生：一進課室便開著全部的燈，開著冷氣，然後開窗，說是沒有新鮮空氣，再然後呢？去吃飯就不回來了。一整晚，燈和冷氣都沒有關。

三十年防蚊心得

縱使夜涼如水，有些家庭仍然開冷氣，因為蚊子。

矇矇矓矓快要睡著，突然耳邊嗡嗡聲，睡意馬上消失！夏天麻鷹學飛、家燕忙著捉飛蟲、黃蜻在打風前奮力低飛，這些城裡人都不一定看得見，但一聽見蚊子，人人金睛火眼。

其中最眼利的，包括廖熾培（Alan）。「蚊一飛過，我就能分得出雌雄。」他說：「雄蚊的姿勢和觸角，都和雌蚊不一樣。」他退休前在政府負責預防傳染病，研究蚊、滅蚊，超過三十年。

香港有七十二種蚊子，很多是不咬人的，例如貪食庫蚊，孑孓會吃其他蚊種的孑孓，成蚊後不但絕少咬人，還有助減少咬人的蚊種。又例如華麗巨蚊，僅僅能夠吸食花蜜，不能吮吸動物的血，可是由於生得大隻，常常無辜被人類打死。

蚊子咬兩口，本來只是癢痕，問題是：有十一種會散播傳染病。最出名是街知巷聞的白紋伊蚊，原來白紋伊蚊只要叮過一個登革熱病人，再產下的卵就會帶有病毒，並且世世代代都會有，使傳播的機會有增無減。Alan 說：「新加坡政府行動已經很果斷，還是無法控制白紋伊蚊，令登革熱變成風土病。」

人們能夠聽見的，是會傳播腦炎的致倦庫蚊：每一秒鐘拍打五十下翅膀，剛好是人類能夠聽到的頻率。白紋伊蚊在日間出動，致倦庫蚊晚上在人們耳邊飛，黃昏兩者相遇，難怪群蚊亂飛！

坊間不少流傳的天然方法：噴香茅油、滴痲油、掛蒜頭、燒艾草……Alan 聽了直搖頭：「那些都不是經常有效。」

他解釋蚊子品種太多，種種驅蚊方法，往往只是針對一、兩種蚊子：幾百元的電子驅蟲器，使用的音頻是固定的，也就只能驅走某些蚊子；紫外燈滅蚊器，吸引的是喜愛紫外光的蚊子品種，一些喜歡待在黑暗裡的蚊子，便完全沒用。

給蚊子咬得多，就不再被蚊叮？很多農夫都這樣說。

Alan 仍然搖頭：「蚊子相對喜歡叮陌生人，因為對陌生的體味和體溫較為敏感，但雌蚊吸血是為了繁殖需要，城市沒有其他動物，也惟有對準人類。有些農夫沒被蚊咬是因為吸煙，蚊子受不了尼古丁。」

開風扇意外地有效，風速超過七米，蚊子、蒼蠅、鱗翅目等昆蟲都不會飛近。「所以有些餐廳食店會在門口裝『風閘』，就是利用風力防蟲。」他說。比電風扇耗電多達二十五倍的冷氣，倒不能嚇到蚊子，像白紋伊蚊便不介意低溫，可以捱過冬天。

終極的答案，並不讓人意外：與其絞盡腦汁驅走蚊子，不如令環境不會滋生蚊子，不要有積水，尤其小心冷氣機的底盤，而裝好紗窗，比任何產品都長遠有用。在郊外地方，穿淺色長褲、長袖衫。

壞消息是，因為氣候變化，天氣暖和的時間延長，Alan 說本地的蚊子數目增加了。

他沒法說出實數，但以前每天的工作之一，便是解剖蚊子的卵巢。原來蚊子每產一次卵，卵巢便會留下一條疤痕，數數疤痕就知道那蚊子的生育次數。一隻蚊子剛出生，翌日便可以交配產卵，並且每四十八小時吸一次血、產一次卵，年青時每一次生二十至四十顆卵子，「盛年」時可以生五十至一百隻——蚊子一生，可活十六日至三星期，生下一千至三千隻蚊子，多浩大的數目！

最後的燕子

燕子象徵吉祥，屋簷下築巢的「自來燕」更會帶來福氣。

電箱上，一個小小的鳥頭。

左望望，右望望，向下一望，突然看到陌生人，馬上向後縮。

等了一會，只見小小的嘴尖露出來，小鳥的嘴巴都好大，向著媽媽爸爸猛叫餓。王學思嚇一跳：「現在還有乳燕？」

家燕春天從南方飛來香港，四、五月生下第一窩，爸爸媽媽都會輪流孵蛋，半個月後寶寶出生了，爸媽趕緊餵養、小燕子趕緊學飛，一個月後就可以獨自搵食。燕子爸媽馬上就生第二窩，這才趕及在八月初，全家一起飛向南方過冬。

王學思是香港觀鳥會燕子研究組

只是舊區重建和對禽流感的驚恐，愈來愈影響燕子的生存。（相片提供：香港觀鳥會燕子研究組）

一個夏天，一個燕子家庭可吃掉五十至一百萬隻害蟲。

召集人，觀察家燕七年了。二零一一年她特別擔心：「我從來沒有五月還聽到燕子唱歌。」她五月在佐敦看到一隻燕子對著另一隻燕子唱歌，另一個巢裡一隻燕子頭昂昂，過了一段時間，才見到頭昂昂的燕子跟聽歌的燕子在一起，唱歌的，又跟另一隻在一起。「家燕應該在飛來香港的途中找對象的，來到香港應該已經一對對，馬上生蛋。」王學思說：「五月還在唱歌求偶，肯定是晚婚！」

時間晚了，影響好大，小燕子遲起飛，一遇上颱風，不是途中出事便是滯留凍死。她估計是因為這年沒有「春天」，天氣太熱太乾，飛蟻、蝴蝶、蜻蜓都少了，令雀鳥不夠食物。

我們是八月十日在吉澳看見乳燕，可能爸媽也知道危險，只生一隻。家燕第一窩可能有四至六枚鳥蛋，第二窩有兩至五枚，視乎爸媽的年紀和附近食物的數量。王學思問村民：「有看見燕子爸爸媽媽？會不會已經飛了？」

「還在！」村民才說完，燕子就飛回來，乳燕高興地張大嘴巴。

燕子爸媽每天要來回很多次，王學思就見過三十秒來回！鳥巢就在街燈附近，燕子不斷向圍著街燈的飛蛾飛蟻衝過去，直到晚上十、十一點都在餵。「這樣操勞，可能會短命一點。」她說：「可是乳燕可以長大得更快，燕子的人生目標就是要養大孩子，不會理會自己的壽命。」不禁想起夜裡加班的父母們。

香港有人口普查，香港觀鳥會的燕子研究組，每年亦會點算全港的燕巢，主力是五、六十人的長者義工隊「紅耳鵯俱樂部」。說是普查，但新界村落一般都進不了，計算的主要是市區的舊樓。幾個長者可能分頭負責一個地區，由五月一日一直計到六月十五日完成。

家燕築巢，喜歡太陽曬不到的騎樓底，可是這種舊樓已經買少見少，有蒼蠅飛蚊的露天濕街市也是同一遭遇。像九龍最多燕子的地方，是新填地街市附近的街道，一條上海街，有十一、二個燕巢，前兩年還有四、五巢有燕子入住，今年只有兩巢。

土瓜灣塌樓意外後，很多舊樓都要維修，燕子無可避免受影響，王學思建議盡量避免在夏天的繁殖季節動工，如果一定要，記得封網之時，在巢的前方，或在下方開洞，讓燕子可以回巢。

去年馬頭圍道有舊樓裝修，戶主很有心，說以前這帶很多燕子，現在只剩下門前一個巢，很想保留。可是裝修工人開的洞，位置不對，燕子飛不進去。王學思記得很清楚：「那天日落時間是17:40，燕子要在這時間前回巢，我看著那燕子好努力：17:20回來，飛了十數個圈；17:30再回來，又飛了十數個圈。從來沒見過燕子這樣低飛，已經是人的身高，還是飛不進去，一直堅持到17:40，終於飛去九龍城方向。」她說，這燕子後來還有再回來，但都沒辦法回巢。

半年後工程完成，戶主還保留那鳥巢以為可以黏回去；不但不能，而且由於新油漆的氣味，燕子五年內都不會來築巢。

雖然暫時燕子在香港還不算瀕臨絕種，王學思仍然堅持去保護：「燕子在一些專家眼中或許沒有黑臉琵鷺珍貴，一旦歸入瀕臨絕種的鳥類，那就太遲了，可能已經沒有能力再恢復生態。」

都是雜草

「到底什麼是雜草？」周思中問。

他是「大學散工」，在不同大學當助教或兼職講師，有份創辦獨立媒體，過去一年多，都待在菜園村生活館耕田。

什麼是雜草？這問題似乎很天真，但凡不是農夫種的，就是雜草啊。

「例如想種粟米，田裡除了粟米以外，都是雜草啦。農夫只想種菜，就算旁邊長了一棵榴槤，不是自己想要的也會拔掉。」他開完玩笑，若有所思：「可是去年夏天我帶回家最多的，就是田邊的白花蛇舌草，但通通都不是我種的。」

想種的農作物，沒有很多收成，卻冒出來許多白花蛇舌草，用來煲涼茶，價值甚至比蔬菜高。周思中說年青人都在種生菜、通菜等平時吃到的「油菜」，然而新界村民一看便知道什麼是草藥。

有一群年青人在馬屎埔幫忙除雜草，便曾經把婆婆最愛的益母草拔掉了。

「不認得，便是雜草？」周思中反問。城裡人對中草藥的認識愈來愈少，雜草的種類也就愈來愈多？

今年夏天，他的田便「盛產」馬屎莧，最大特點是：不用種。這班年青人開了十幾塊田，種了十幾樣農作物，可是周思中說最後每塊田種出來的，大都是野生的馬屎莧。馬屎莧頂部抽出的那串種子，風吹到哪裡，就長到哪裡，當作雜草拔不完，當作蔬菜也吃不完。雖然村民教用來加魚肉滾湯，但他仍然很苦惱：「成萬多呎田的馬屎莧！除非辦『馬屎莧節』叫親朋戚友都來吃馬屎莧，不然怎吃得完？就算派街坊，都要街坊幫手摘！」

另一件事件，是四季豆。

四季豆收成後，把藤蔓清整掉，一些沒有收成的四季豆掉到田裡，幾場大雨後，豆莢分解了，內裡幾粒豆竟然排得整整齊齊地發芽。「我之前種得那麼辛苦都不發芽，現在又發芽了，到底要不要摘掉？應否讓『野生』的四季豆繼續長？」他對著田裡的嫩芽，非常掙扎。

這位年青的讀書人，想到更多：城市生活追求控制，覺得沒用的都要拿走，但大自然正正就是無法控制：「種田時總是沒有風，收工了，卻來一陣涼風，然而最令人享受的，就是這陣突如其來的風。」他說城裡的生活，去哪吃飯、去哪坐車；家裡在住宅區、工作在商業區，人人分工都一清二楚很仔細，可是原來在田裡，所謂功能，所謂性質，都視乎不同的角度，就算真是不能吃、沒藥用價值的雜草，最後都可以堆進田裡做堆肥。

城市才多垃圾，田裡，雜草都有用。

粉嶺南涌野草還多過農作物，可是生態也相當豐富。

城市草藥

都說一地的草都是寶，單單公園常見的臭草「五色梅」，便說可以清熱解毒、散結止痛；白花仔「鬼針草」清熱解毒、袪風除濕、活血消腫……

只是這些草藥可以怎樣用？

「傳統草藥是和傳統農業社會掛鈎。」民哥也在問：「現在城市生活需要怎樣用草藥？」他師承著名中醫師李甯漢，田裡種了好多中草藥。

民哥解釋廣東草藥的用途，不外乎都是皮膚、跌打、肚屙，都是按基層需要而生：「幹粗活的，經常扭傷；環境不好，不時拉肚子、皮膚癢，或者說不出原因，總之渾身不舒服，晚上睡不好。居住環境還有蛇，好多草藥可以治蛇咬。」

然而城市人有城市人的需要。最想知道：晚晚對著電腦，頸梗膊痛眼花花，可以喝什麼涼茶？

民哥一聽便笑：「早點睡吧。」

「夜裡寫稿感覺比較好……」細細聲答。

「那抽煙寫稿才有靈感嗎？」他反問。

惟有反駁：「上夜班的人呢？」

「轉工吧。」他斷言：「以前我也要輪流當更，為了身體，就換了工作。」

晚上不睡，就會肝火盛，肝火上升引致眼矇，改變生活習慣，肝火自然不會走上來。至於頸梗膊痛、肌肉勞損的要向肌肉入手，最好是按摩。「飲涼茶，要對肌肉有幫助，桑寄生吧，加一些杞子，可以幫到眼睛。」民哥終於說。

跟民哥到田裡一走，幾乎每株植物，都能入藥。水裡長滿一池大薸，平時農夫撈上來做堆肥的，原來煲水洗澡可去風癩；路邊清不盡的野芋葉，原來叫獨角蓮，葉莖切片曬乾了，有助腸胃，切粒煲粥，女人可以解白帶問題。

桑子剛吃光了，狠狠地修枝等秋天再結果，那些剪下來的桑葉可以「解表」清肺熱，加菊花就是夏桑菊，嫩桑枝「入肉」、老桑枝「入骨」，都可以用來煲粥，有助改善肌肉筋骨勞損，都是昔日農夫的寶物。

民哥田裡最珍貴的，是一株黃花蒿，是當年他和李甯漢醫師一起從內地移植，當時是隨手在野地撒一把，他也特地拿到田邊種一些。第一年田邊長出好大一棵，兩、三年後就不見了，而撒在野地的也不見影蹤，但今年田邊突然長出一株。黃花蒿可以提煉出清蒿素，可以治瘧疾。

可是民哥也坦言，草藥的世界離城市好遠，比方說「五色梅」葉子煲水，可以醫濕疹，但城市人如何可以每天都找到新鮮的五色梅？公園的不能採，再說，那也是「園藝化」了的五色梅，由五個顏色亂開，變成整整齊齊一圈顏色，或者只有單色。

把草藥製成沖劑、顆粒，效用一定欠佳。例如薄荷要滾起，聞到味道才能上腦，上腦才有藥力，沖劑是沒有這效果的，而顆粒更要額外加一些「物質」才可以穩定。中草藥傳統的藥丸，是用蠟封住，好大一顆，但怎能在公司吃這一大粒藥？味道又那樣重！

「草藥有效，雖然見效比西藥慢，但副作用也少很多。城市人能等嗎？吃藥要快、走步路都要快，電腦慢少少也不行。晚上九點，城市哪裡是關了燈的？」他語重心長：「我們仍然有草藥，可是草藥的文化，已經不一樣。」

再說下去，昔日常用的草藥，也漸漸難找。像涼茶舖常見的五花茶，是哪五種？木棉花、雞蛋花、金銀花，一數到菊花民哥就搖頭：「菊花是杭菊，不是華南本地的。」原來是葛花和槐花。金銀花愈來愈貴，有涼茶舖開始改用土銀花，這五種花，藥材舖也未必有齊，涼茶舖才賣幾塊錢的涼茶，會有多少成份？而且摻了大量的糖，到底還可以有多少祛濕的成效？

田邊一般都會種車前草，天氣熱，農夫正好用來煎水，喝了解暑。

沒有雞的香港

香港特區政府：

二零零六年你因為害怕禽流感，匆匆立法禁止散養活家禽。雞、鴨、鵝、鴿、火雞、鵪鶉，原本農場養不多過二十隻，可以豁免申請飼養禽畜牌照，法例通過後，豁免取消了，雖然可以申請禽鳥展覽牌，可是就算漁護署署長肯批出，一年牌照費也要將近三千元。

我想告訴你，農場不能養家禽，有什麼影響。

雞可以幫忙啄蟲，以前種果樹，雞就在樹底下吃雜草，跌落的果子，雞吃掉了，除了可以減少果蠅，拉出來的雞糞，正好為果樹施肥。雞會吃菜，農夫都不許雞走近菜田，可是收割後，正好派上用場。台灣有農夫設計了可以移動的雞籠，長度、闊度都和一列菜田一樣，蔬菜收割了，便把雞籠放在田上，雞很快便把剩菜雜草吃掉，為了吃蟲子，還會用雞爪、用雞嘴去弄鬆泥土，吃飽拉屎，正好施肥。過幾天，另一列菜田收割了，雞籠又可以移過去。

嘉道理農場是香港少數仍然可以養雞的地方，但就不能放養，只好在果樹下放置紙板，説明雞隻可以吃雜草和害蟲。

這為農夫省下多少功夫！日本的自然農法、澳洲的 Permaculture，這些講求大自然互相效力的有機耕種方法，沒有了雞，等於廢掉了最厲害的其中一樣武功。每趟有國際有機農業分享會，外國農夫都會驚訝香港小農場不准養雞，其他國家亦發生過禽流感，但香港是全球唯一禁止散養家禽的地區。

人命攸關，這小小果樹菜園值什麼？你可能會說。

我希望你的決定是經過思考，不是出於無知，爆發疫症的，大都是密集式的工業大雞場，香港從來沒有農夫因為散養幾隻雞而染病。

本地現在還有一些大型雞場可以養雞，但當中一隻「走地雞」也沒有。漁護署去外地參觀的，往往是工業農場，引進的種種排污設施，不但投資巨大，扼殺小型雞場的生存空間，大量殖養本身就容易造成污染引起疫症，反觀對環境更友善的有機小型農場，卻承受管制後果。在英國，規定每平方米不可養多過二十一隻雞；歐盟標準是最多九隻，而一個有機小農場上萬呎地方，不過需要十多隻雞。

美國雞種，一隻公雞可令十六隻母雞受精，本地以前養的惠州種，一隻公雞可配十三隻母雞，這十來隻雞群，已經可以讓農夫一家天天有雞蛋，過年過節有雞吃。

我小時住粉嶺，爸爸媽媽種菜養豬，家禽比較容易打理，通常都是由小朋友負責。鵝很厲害，會咬蛇；鴨子會吃農夫最討厭的福壽螺，竟然可以連續吃幾顆，然後一次過把完整的螺殼吐出來，就像周星馳在電影裡可以吃掉一把瓜子，吐出連串瓜子殼！我自己養的雞、鵝、鴨都不捨得吃，都叫得出名字的。

城市有瘋狗症，也不會全面禁止養狗吧，你能試著明白農夫和家禽之間的感情和合作關係，不要懶惰地一刀切嗎？散養家禽也可以規定打防疫針。

這幾年新界沒有了雞，村民狂打「草水」除草；水果沒及時處理，爛在地上生出更多果蠅，又要打「蟲水」；沒有了雞糞，惟有買肥料——這些農藥化肥，都要用石油生產，燒出更多二氧化碳，導致氣候變化，地球，也因此更多疫症。

一個農夫 上

後新界人

城市生活空間愈來愈壓迫，昔日是新界人搬出城市討生活，現在城裡人紛紛湧進新界：孩子有地方走動、可以養狗，甚至種菜，追求的，是美好的鄉郊生活。

Sam的新家在沙田山上，在成堆鐵皮屋裡左穿右插，還要走近三百級樓梯，氣喘喘地推開大門，卻是燦爛的水晶燈，滿屋厚實的大木櫃，裡面全是精緻的擺設。「我終於有地方可以把一直存著的家俬放出來！」Sam早把搬家的痛苦拋諸腦後，一臉興奮地走出花園，高樓大廈亮光閃閃，都在腳下，眼前是大片的天空。

原居民的屋主以前在這山上養蜜蜂、收蜜糖，年紀大了不想再走樓梯，房子本來的租客都是貪平租的新移民，想不到現在有機會租給有點「窮風流」的年青專業人士。

Sam一直覺得香港沒有「生活情趣」：「一來沒有空間，到處都好擠；二來太注重消費，人們下班都是去商場，不會留在家裡。」搬到山上，一般人都嫌不方便，她可是覺得多了時間待在家裡，放假興致勃勃跟著食譜做菜，並且開始計劃在花園種菜，甚至可以再次養蜜蜂！

Amen四年前也是愛上大埔山谷裡一片綠油油，決定搬進來。屋子很破爛，可是租金很便宜，他一手一腳把地方裝修得煥然一新，朋友都好喜歡來開派對——那何不開私房菜？Amen本身就是大廚，拿手煮傳統的廣東菜。

很快地，他連旁邊的屋子也租下來，收集村中棄置的木頭、雕花玻璃窗等裝修成民宿，田園美景加上農家菜，既是安樂窩，又是一盤生意，意外地開展了自己的事業。

「最初搬入新界，朋友都說遠，其實有幾遠呢？香港這樣小，開車去哪一處都不過幾十分鐘。」Amen說：「香港生活的步伐太快了，看不到生活還有很多可能。」他曾經移民加拿大，回流後，寧願搬入村子，租金便宜不必急急出外掙錢，可以繼續放慢腳步，悠悠閒地生活。沉澱過後，自然找到新的方向。

香港是「逼」出來的，絕大部份的人口，都擠在那不足全港面積一成的土地上，高樓大廈蓋得密密麻麻的。

當中除了像Sam和Amen追求有空間的優質生活，還有非常實際的考慮：市區租金愈來愈貴，搬入村屋相對便宜；愛狗人士嫌城市沒地方，又不時遭人投訴，搬入郊區可以隨意養動物。甚至一些原居民早搬進市區，老房子都荒廢了，第二代年近退休又搬回老家，希望享受童年時代的鄉間生活。

可惜是，城裡人開始欣賞鄉郊生活，新界卻已經不只是香港的後花園，而是「中港」兩地的「市中心」，上水雙魚河、元朗葡萄園等都是內地人追捧的低密度豪宅。地產商靜靜地在新界大幅買地，各項交通基建只要一上馬，農地用途改變，馬上就可以申請蓋房子。

村屋的租金和售價，亦一直增加，像Sam住在山上，Amen走入山谷，已經是村子裡的邊緣地帶。

我最近也從村屋搬到更郊外的鐵皮屋，屋外一大片薑花田，一早一晚都是花香，然而更吸引的，是鄉郊的人情。

星期六早上，教鄰居小女孩彈鋼琴，小小指頭猶豫地彈出「瑪利有隻小綿羊」。星期日，小女孩的爸爸便來我家整理花園，兩三下工夫把一棵檸檬樹種在地上，掘出的泥土在旁邊堆成一塊田，連隨種了幾株甜羅勒。當天晚上，四、五個鄰居每家端出一、兩碟餸菜，就在對開的籃球場開派對，喝著自家釀製的糯米酒，談著天氣開始涼了，這季種的白菜若是收成好，大家可以一起曬出多少菜乾。

沒人提到錢。

城市裡還要印製「時分券」讓街坊交換等額服務，在村子裡互相幫忙，天公地道。以前住在市區，一出門口，隔壁單位鄰居姓什麼都不知道，現在村子裡，雖然去每一間屋都可能要走上十分鐘，可是親密如家人。

這種桃花源般的生活可以持續多久？

大家心裡隱隱都擔心日子在倒數：對開的薑花田據說十幾年前已經被地產商買下，只是一直未動工。

住在新界地方大，文哥每年都可以自己曬臘肉。

小女兒也幫忙一起曬菜乾，這芥菜要三蒸三曬，極為講究。

樹上盛宴

太陽猛曬，暴雨傾盆落下，樹上果子忽然就冒出來了，一大把一大把的，樹枝壓得直低頭。都說村民最實際，村裡幾乎所有樹木都是果樹，一來有得吃，二來政府收地有賠償。到了夏天爭相結果，人人都閒不下來。

最先打開序幕的，是青梅和紅李子，只是酸得牙齒都軟掉，唯獨有閒心的會拿來泡酒。

桑子就吸引得多：初初是綠色毛毛蟲似的，如同氣球一粒粒慢慢吹脹，由綠轉紅，心裡禁不住著緊：別給鳥兒看見，別給鳥兒看見，偷偷移到牆邊。再過兩天，好大一顆桑子，黑得發亮，細細力摘下來，輕輕咬一小口，好甜！

然而要直等到荔枝登場，這才掌聲如雷，紅彤彤掛在樹上，太誘人了，忍不住天天都來三把火。老人戴起眼鏡打開電話簿：「二嬸，來摘荔枝！叫埋三叔一家！」

小孩都不懂爬樹，反而四十開外的男人爬幾下就坐上樹椏，大把荔枝剪下來，讓小孩在樹下接著。荔技泡在鹽水裡，去掉蟲子又減濕熱。親朋戚友開懷大嚼時，總有勤快的兒子順道修剪樹枝，鋸下的樹幹一段段截短，整整齊齊疊在樹椏上：「阿媽，留給你燒柴。」

親戚都來過了，樹上還有零零星星的紅寶石，剛搬到村裡的城市人，最多鬼主意。阿貞拿來浸酒，荔枝去殼，但連核放進胖胖的玻璃瓶，一瓶米酒倒下去，又再加一層冰糖。

我的桑子是從菜園村移植過來的，幾個月便長得果實纍纍。

放多少呢？「喜歡喝甜酒，就放多點糖吧。」阿貞簡單地答。

阿May就把荔枝細細拆肉，放進冰格，隨時拿出來做甜品。那天她剛好田裡摘了一個大冬瓜，煮了冬瓜水，連冬瓜蓉和荔枝蓉一起放進攪拌器，晚上請客時，那一壺凍冰冰的雪白果蓉可真是明星！加點梳打水，灑點新鮮青檸汁，個個都嚷好喝，荔枝的鮮甜和冬瓜的清潤不但配搭得天衣無縫，意外地還沒有起渣，香噴噴的！

鄰居間愈來愈多節目，阿敏拿了一把龍眼來，我們連忙送上一把黃皮。阿敏家的龍眼樹好老，一棵樹把她過千呎的花園都蓋住了，那果子由樹頂直結到樹下，大家都在盤算何時開始曬龍眼乾。

村裡人都知道，哪棵黃皮甜，哪棵酸，一個星期後樹上還有果實的，即是連雀仔也沒興趣。黃皮整粒放進嘴裡，果肉吃掉，果核吐掉，那甘甘的果皮，用大滾水一灼，略略曬乾放進蜜糖裡，冬天沖一杯黃皮蜜，可真清潤。

果樹吃完要打理，農夫輝哥教我先別修枝，不然秋天會開花，要等到九月才成棵剪短，天冷不會開花，營養正好存到明年夏天結果，樹也修矮了，伸手可摘。另一位農夫文哥，卻有不同看法：「把樹修矮了，最多就是百多斤果子，樹大，可以有幾千斤！又可以遮蔭。果樹可以用施肥去控制生長，九月時下肥，秋天便會開出更多橫枝，天冷不開花，但到明年夏天多橫枝就更多果！」

可是樹高怎摘果？

「爬上屋頂啊。」文哥蠱惑地笑了：「還可以有工具。」跟著他去摘芒果，芒果樹好高，他的剪刀三米長，裝了一個網，一剪，芒果就掉到網裡。樹上熟的芒果，那香甜，可不是街市化學品催熟的可比。

惱人的果蠅，文哥也有「計仔」：樹上掛著很多膠瓶，把吸引果蠅的雌性賀爾蒙混入水裡，倒進膠瓶，瓶身再用刀尖刺一個洞，洞口設計讓果蠅飛進去容易，出來難，結果就會在瓶子裡淹死。他還小心把落在地上的果子逐一執起，泡在水桶裡，果蠅幼蟲浸死了，那水又可以拿來施肥，爛透了的果實埋在泥裡也是肥料。「如果任由第一批的果子爛在地上，生出的果蠅就會去吃第二批的果子，蟲害就愈來愈厲害。」

加上能黏果蠅的黃色貼紙、雀鳥也吃果蠅，四管齊下，不用打蟲水也可以有收成。他認真地提醒：「打一次農藥，土地要六十年才會恢復過來。」

單車籃子滿滿都是芒果，回家路上，大樹菠蘿像比賽吹氣球似的，會長到多大呢？楊桃樹上，一顆顆綠星星。

農村「無閒米養閒人」，種樹多選果樹，只是如果沒有好好收採，會惹來好多果蠅。

燦爛秋日

十一月天文台公布最高溫度達到攝氏 29.7°C。

香港市區溫度往往比公布的高，天文台為免受環境因素影響，儀器都放在空曠地方，而市區好些建築既吸熱又擋風，實際溫度可以比天文台公布的高二至四度。換言之，入秋了，還是不斷超過三十多度！

社區也是熱哄哄的。興建生態村、共同購買土地、霸地種菜……新點子在四方八面傳開來，人們漸漸聚集，討論生活更多的可能。

香港其實比很多東南亞地區更早關注環境議題，周兆祥博士早在七十年代已在多份報章雜誌寫專欄，顧及生態反對濫用科技等等，一九八八年並且有份創辦綠田園基金推動有機種植。然而這場綠色運動，似乎只是局限在一些群體。直至前特首董建華開始推行有機耕種，SARS 瘟疫令生態旅遊成為熱潮，承接反高鐵展開的土地正義社會運動——綠色再次進入香港人的生活，並且比以往都要有力。

永續婚禮

天空中，絲巾飄揚，每一下風吹過，都是祝福。

新人的禮服都是自己造的。

她沒用衣車很久了，第一次為自己做衣服，就是嫁衣：裙子用跳脫的黃波波黑紗布，披上多層白紗，「嘭」一聲散開！配上白襯衣、黑斗篷、大型綠色蝴蝶頭飾，好佻皮。

他也找到多塊不同顏色的絨布，縫成一大塊披肩。但除了禮服，他花更多心思在那紀念本子：她的笑、她的羞、更多是她的創作，一幅幅相片拼貼在一百六十六頁的雜誌上，再加上毛筆寫的字句。一般婚禮厚疊疊的婚紗相簿，都比不上這本見證兩人交往的過期雜誌沉甸甸。

這可不是一般婚禮！

八十後文藝青年蔡芷筠下嫁理大設計學院副教授曾德平，結婚地點在新娘曾經任教的中學天台，由行為藝術家「蛙王」帶著學生佈置場地，主持儀式的律師是朋友，簽字儀式莊重又詼諧，新娘拿著咪說個不停，帶領示威集會似的，新郎卻感動得流下淚來。

愛情可以好坦白，所有繁文縟節都可以擱下。因為是喜事，更不該殺生，婚宴供應素食點心，新人事前還呼籲大家自備餐具，大好日子，無謂要地球添垃圾。佈置使用的漫天絲巾，都讓賓客帶走，盡量不浪費，禮物還有洛神花蜜餞，是新郎去年夏天有份在菜園村種的。

蔡芷筠和曾德平的快樂婚禮。

低碳地採用本地產、環保地善用資源、綠色地關懷心靈……林林總總形容詞，反覆強調愛人愛地球，最啱聽，還是祝福這段婚姻可持續發展。

「菜園村形勢還是嚴峻，有時間都請入村幫忙巡守啦！啅啅啅，如果今日有參加派對的朋友，不要忘記要還我巡守人情！」新娘最後大大聲告訴來賓。

今晚結婚的阿成，本來最最不想的，就是擺酒席：「我自己也不喜歡去飲，個人表演似的，拖到九點多才可以開始吃，最後又浪費好多食物！」但另一半阿Wing好想好想擺酒，阿成惟有努力在酒席設計裡「追尋意義」。

首先，酒席七時半入席——連酒樓負責人也說第一次在這個時間開席，但阿成很堅持，就算不拍照、不敬茶也要依時開席，以免太晚大家都沒胃口。

八道菜變六道菜：魚翅當然不吃，燕窩也不見得善待環境，阿成改用竹笙花膠瑤柱羹，並且取消了雞：「這幾個月我特地請朋友留意，都說飲宴吃剩最多的，是雞，大家吃完魚，幾乎都不想再吃。」沒有了兩道菜，可是就是把一道菜原本用的鮑片，變成全隻鮑魚。

兩人的父母都擔心是否因為不夠錢，但阿成解釋六道菜的酒席只是便宜幾百塊錢，主要還是不想浪費。

回禮的禮物，並非一般丟又不是、留又用不著的水晶擺設，而是公平貿易比利時朱古力，以及一對新人親手做的有機洛神花果醬。教堂婚禮和酒樓婚宴不但準備回收箱，收集請柬和邀請咭，酒席吃剩的，居然全部會由朋友幫忙，送去農場做堆肥！

阿成，是有機農夫。

阿Wing是做設計的，非常支持阿成，還把婚宴所有綠色點子都寫在邀請咭。她非常期待婚後的生活：「可能身邊的人都不知道，其實我最渴望過的就是簡樸寧靜的生活，就像上帝最初創造的世界那樣簡單。幾年前我曾經禱告，希望上帝給我的伴侶可以跟我一樣喜歡大自然，可以一起行山長跑，想不到現在要嫁的，正正是這樣，還要是一個有機農夫！雖然這種生活，說很容易，做很難，不過以後有個傻佬會帶我去過這種生活，真的很感恩！」

兩人稍後計劃一同參加WWOOF（World Wide Opportunities on Organic Farms）到澳洲農場打工度假。

問野人婚後有什麼不一樣，他想也不用想：「吃得好了！」別誤會，他仍然會在快餐店撿別人吃剩的薯條，只是家裡有了太太阿牛，每一頓飯都變得好豐富。

阿牛喜歡種田，野人家旁邊的田地多了出產：菠菜、生菜、紅蘿蔔，到餐桌上，成了顏色繽紛的意粉。飯後，兩人又會一起做麵包。第二天早餐，自家製麵包夾上番茄和牛油果，配上果汁。

還有吃早餐前，兩人會一起用手洗衣服，一起把濕被子扭乾；早餐後會去附近的田野散步——野人本來以為結了婚，和太太一起就是「吃多一倍的菜」，現在生活比想像的更充實，也更愉快。

「我願意永續地，用有機方式照顧你。」這是兩人在婚禮上的承諾。

野人和阿牛的婚禮，吸引了不少傳媒注視，尤其是那一雙青草和鮮花織成的結婚指環。當大家稀奇可以如此不重視物質，當社工的阿牛反而更堅持：「開鑽採金對環境的破壞很大，又會剝削勞工！」「草戒指放回泥土便是肥料，種出花草蔬菜，生生不息更長久。」從事生態教育工作的野人說來理直氣壯，得知道，當日他向阿牛求婚，也是隨手拿起西蘭花。

整個婚禮的成本只是兩萬多元，但所有用心炮製的素食和佈置，都讓在場賓客津津樂道，最高興的，莫過於野人的父母。他們本來很擔心兒子不懂人情：「簡單到不見得人、環保到不知道似什麼！」沒想到簡樸原來好吸引，像那顆番薯、沙葛、芥蘭頭等製成的糕米丸，每一口都是巧手心思，連飲食雜誌的記者都稱讚：「非常好吃」。又例如地上的花瓣路，由筋杜鵑和枯葉鋪成，顏色漂亮不遜絲帶和氣球。感動的還有來賓，來得參加這場婚宴的，都很有心一起幫忙。

婚後，野人的家裡，只是簡單地多了三張結婚的相片。兩人生活，依然簡單而自然，每月開支不過三千多元。硬要野人說妥協的地方，他想了一會：「我除了帶工作坊，在家會用電腦工作，有時太太下班，就不能繼續埋頭用電腦，要珍惜相處的時間。」

在家生孩子

身邊又有一個朋友，在家裡生孩子。

孕婦在家分娩，在西歐國家並不稀奇，荷蘭有一半孩子是在家中出生，根據美國疾病防預中心調查，二零零四至零八年期間在家產子的婦女增加了兩成。英國政策也從一九九三年起提倡讓婦女自行選擇生育地點。然而在香港，絕大部份的孕婦想都沒想過在家生孩子。

朋友甲是小學教師，因為不喜歡醫院的生產過程，決定在家分娩。在醫院裡，令產婦很難自然分娩的原因之一，是產床的設計要孕婦躺著張大雙腿，這方便了醫護人員，卻苦了準媽媽——請想像用同樣姿勢大便，那得多費氣力！又要用剪刀剪開陰部、又要用吸盤把孩子吸出來，對母子的健康都有影響。但在家裡，孕婦就可以選擇不同的姿勢生產，朋友甲相信在水裡生孩子，風險較低，於是把浴缸放在客廳，加上暖爐、暖水、音樂，在註冊護士幫忙下生下女兒。

去年朋友乙，是倚在孩子爸爸的身上，把兒子生下來。

她特地請了一位已經在港執業十年的冰島裔助產士，陪伴身邊的，還有護士朋友、曾

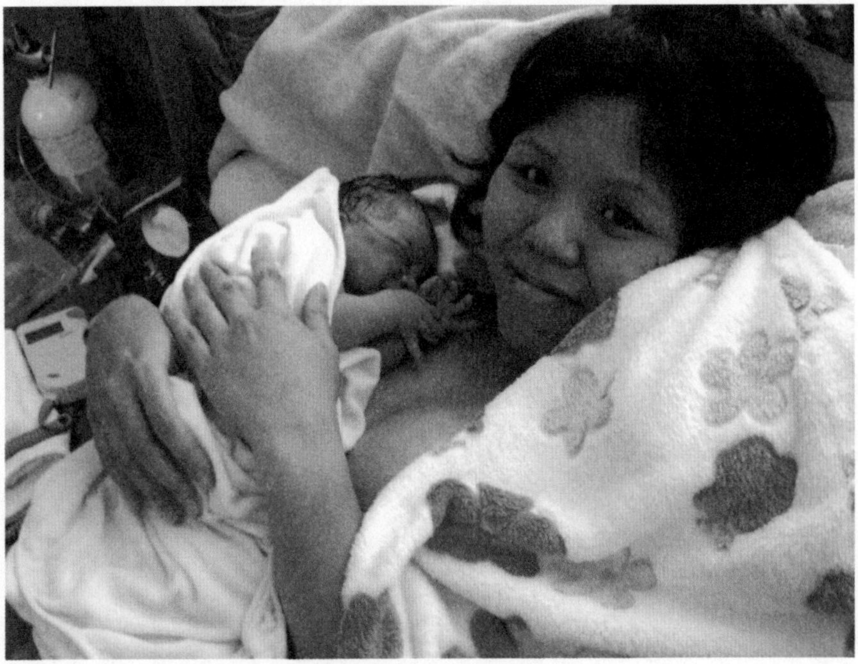

Franklen 的太太在家生下小女兒，感覺比在醫院生大兒子好太多。
相片提供： Franklen Choi (http://continuum-fathering.blogspot.com/)

經在家生孩子的朋友。生產時，大家都很輕鬆，唸小學的大女兒還在旁邊看漫畫。朋友乙不希望嬰孩的臍帶被剪掉：「臍帶連著胎盤，其實還有營養繼續輸送給嬰孩，而且過幾天便會自然脫落，用剪刀反而為嬰孩帶來第一道傷口，對心身都不健康。」脫落的臍帶連胎盤，她曬乾了留起來，說日後孩子若生重病，可以煮來吃，裡面有母體帶來的天然抗體。

可是如果在醫院生產，臍帶連胎盤都一定會被當作醫療廢物丟掉。

剛剛兩個星期前，相信自然療法的朋友丙也請了助產士，在家生孩子，整個過程不用半點抗生素、止痛藥、麻醉藥、催產針。

Franklen 的太太，也是一年前在家生孩子。他原本最擔心在家分娩的安全問題，接著可是不想執拾事後的凌亂——他為了兒子，四年前辭去政策研究的工作，在家帶孩子做家務。

生第一個孩子時 Franklen 和太太一起參加產前培訓班，自以為都準備好了，然而太太開始滲羊水，進到醫院，醫生卻認為羊膜破裂過久馬上催生。「那感覺真的很被動，醫生不斷問要否打針、要否用藥，我們問有什麼副作用，他竟然答孩子出生可能會沒有呼吸！」Franklen 很不滿，他和太太原本希望能夠一起運用在上堂時學過的技巧，例如按摩、轉換姿勢、生產球等，可是醫生要求太太完全躺在床上，並且指令若十二小時後藥物催生不成功，就會進行剖腹生產。雖然太太最後在限期前把孩子經陰道分娩，兩人都覺得很氣餒。

「我甚至不記得，有沒有為孩子剪臍帶。」Franklen 說由於怕血，也只敢站在太太的頭頂位置。

兒子出生後，他留在家中當全職父親，太太全職上班。

三年後女兒準備出生，太太堅持要在家中分娩，Franklen 看過外國的統計數字，原來對大部份正常孕婦來說，在家生孩子與在醫院裡的安全程度差不多，於是支持太太的決定，並且請了助產士在家接生。

生孩子那天，Franklen 形容自己就像「一頭獅子，守護著寶寶的出生地」，負責處理親戚來電、突然來到的郵差、速遞員、感到困惑的大廈保安員、為助產士安排鉗子、剪刀、消毒工具等，還有，為太太按摩，溫柔地支持。

這次在熟悉的家裡，他覺得自己比較放鬆、鎮定，頭腦也比較清醒，太太不用一小時，就把女兒生下來，非常非常開心。Franklen 這幾年習慣了劏魚切肉，不再怕血，他笑著回憶：「臍帶很堅韌，剪下去簡直像剪樹枝！」

女兒很快便能吸吮媽媽的初乳，然後在爸爸的呵護下睡覺。

太太生孩子時，朋友陪著兒子在客廳看電視，女兒出生後，小哥哥才進來。爸媽一起對兒子說，雖然媽媽要忙著餵奶，可是你仍然有跟媽媽獨處的時間，爸爸說會給更多的關注：「當你未出生，你的爸爸經已決心當個爸爸，並且每天增強這個決心。」

在家分娩，並不是紓緩醫院產婦床位不足的方案，也肯定有風險，但就可以有選擇不同醫護理念的權利。法律上，不是在醫院出生的嬰孩，只要有人證等證明該嬰孩是在香港出生，一樣可以領取身份證。

小房子運動

小米媽媽滿心歡喜，帶著小米去看尋找已久的Dream House——一間還不到二百呎的田邊小屋。

「噯！乜咁似玩具？」小米第一個反應。

「似玩具，不好嗎？」小米媽媽笑著答。

「咁細，點住呀？」小米仍然不滿。

一個月後，小屋裝修好，小米卻很喜歡這間「玩具屋」。

人人都喜歡住大屋，小米媽媽想法不一樣：「我住過大屋啦，還是非常之大，兩個泳池、一張桌球，飯桌可以坐十三人，但我永遠都不會去那裡吃飯，只會在那裡摺衫。」

大屋位於菲律賓，是小米爸爸尋找已久的Dream House。但小米媽媽不喜歡：「我和女兒的房間，隔了一個四、五百呎的廳，她哭，我也聽不到，感覺好遠！」這間屋的屋主是美國人，在佛羅里達州拿著草圖去菲律賓起屋，但材料完全用錯了，用木起屋，在熱帶地方很容易給蟲蛀，並且是冷天保暖的設計，於是天天要開冷氣。

這種錯誤在新界也很常見，我家附近就有一位外國人買地起屋，設計了一個玻璃偏廳，在歐洲，下雪時可以在室內欣賞風景，然而落到香港，熱死了，還有一面竟然向西，那西

小米的小房子真的像小麻雀，「五臟」都不缺。

斜陽光，得開多少冷氣去對抗！

小米媽媽也點頭：「菲律賓那間大屋，最舒服的是獨立的工人屋，因為用當地物料竹子起的，很涼快，又在泳池旁邊，還有戶外的吃飯地方。」

「我這樣辛苦才找到這間大屋，你竟然不喜歡。」小米爸爸不悅。

「照顧小米的工人，家裡有四個小孩，一家人一起睡在地上一張蓆，不知道多溫馨。」小米媽媽心裡想。當年小米還沒出生，兩人一起住在船裡環遊世界，那船長七十五呎，起居間只有三、四百呎，但種種生活需求都滿足了，睡房、廁所、廚房都是基本，其餘房間都可以是多餘的。

看法不同，無謂勉強，大屋沒住多久，小米媽媽就帶著小米，回到香港。

小米媽媽在香港長大，家裡一直都住私人屋苑，但這次回港，找屋標準是「擦牙時可以看到天空」。她第一間屋在大江埔，然後住過南涌，都是風景極美的鐵皮屋。

前陣子有周刊煞有介事說貧窮令寮屋再現，身邊可是愈來愈多朋友特地搬去新界的鐵皮屋，連同裝修費，其實沒省多少錢，卻勝在空間可以自己話事。「地產商起的大廈單位，豆腐一樣大，還要間成兩房一廳，連沙發的位置都劃死了。」小米媽媽就是喜歡鐵皮屋可以自由有間隔。

小米口中的「玩具屋」四面通風，房間左邊是書桌，再用櫃子間開睡床，右邊是木地台客廳，睡床頂還有閣樓放雜物。向西的一面特地劃分為廁所和廚房，正好擋住熱氣流進房間。打開窗子，都是農田，開風扇已經足夠。

「我現在揀屋的標準是：屋的大小，應該以願意打掃的面積為準。」小米媽媽說：「我討厭收拾，現在房子小，三分鐘已經抹好地！」

小米媽媽的選擇，未來可能是大勢所趨，美國近年便興起「小屋運動」。美國一間民居，一九七八年平均面積是1,780平方呎，二零零七年增加到2,479平方呎，屋愈大，便要用更多的水電煤等能源，在氣候變化的當下，顯然不是可以持續發展的方向。

「小屋運動」的支持者，一個人可住在一百呎以下的小房子，並且成立建築公司，不斷在開辦工作坊，教其他人如何可以設計、甚至自己起屋，建築費可低至一萬美元。

興建生態村

Bella的電郵，第一句便是：「你也想搬去一個永遠都不用再搬的地方嗎？」

樓市旺，業主不是想賣樓便是狂加租，租客才過了一年死約便迫得搬家，Bella覺得受夠了。「一年內租金升了三成！買樓也不會解決問題，因為保養維修，還是不停地『樓換樓』。」她發起行動，召集一起買地起屋。

近二十年，歐洲出現不少「生態村」，信念相同的人們一起建設社區。鬆散如西班牙的神颯秀谷村（Valle de Sensaciones），訪客來到，大家就推動牆上的「曼陀羅」看誰負責做什麼工作：起樹屋、洗廁所、做飯。也有甚具規模如意大利的達慢活（Damanhur），約有一千個居民，甚至有其金融制度。

為什麼要一家一個洗衣機？大家一起用一個，不更節省資源？天天做飯，多麻煩，有社區廚房，大家輪流去幫忙就好了。孩子一起長大，衣服都可以輪流穿。在德國的七本林登（Sieben Linden），一百二十位居民就是如此一起生活，所有村內事務，都是大家一起開會通過。

各人可按照自己的心意建房子，大前提是盡用天然物料、可再生能源，不產生垃圾，污水都有淨化系統循環再用。有些村子會耕種，有些不，但所有居民都是長住，基本需要自給自足，並通過舉辦教育或藝術工作坊等不同途徑賺取發展基金。

這在香港是發夢吧？

可發夢的人也真多：Bella 一連辦了三場放映會，播放介紹十個歐洲生態村的紀錄片《A New Me》，過百人出席。我去了第一場，大家認真討論有什麼地可以買，可以如何蓋房子。

新界農地還能找到一百元一呎，三十萬呎地不過三千萬元，一百人夾錢每人不過三十萬元。農地可以蓋住宅？Bella 狡黠地笑：「我知道有一千種可以 DIY 又不犯法的起屋方法！」

建村當然要有點規劃知識，香港這兩年，不同機構紛紛舉行 Permaculture 課程，這套注重環境的設計方法源自澳洲，包含 Permanent 永續文化及永續農業 Agriculture 的意思，除了用來設計農場和生態村，亦可把大自然萬物互相效力的概念，引用在城市規劃。

嘉道理農場特地從澳洲請 Permaculture 講師授課；香港永續栽培學苑集合農夫、建築師、生物學家等不同的專家，舉行三個月的證書課程；馬寶寶農場也有短期課程。

與其租樓買樓，不如大家一起當個不炒賣的「地產發展商」吧。

霸地種菜

小心翼翼把膠水樽倒轉埋在泥土裡，輕輕把蓋子轉開，裡面的水一點動靜也沒有。不行。

把膠樽打斜，一個小水泡出現，但又沒有了。

把膠樽拿出來，打開蓋子，塞幾條乾草進去，再蓋上。這次斜斜地埋進泥土裡，終於裡頭一個個氣泡，慢慢地升上來，行了！

大費周章，都是為了那南瓜苗不至枯死——只見地面長出兩株小小的南瓜苗，旁邊插了三支膠樽，樽裡的水，勉強可以撐一個星期。

不能天天澆水，因為這塊地，是某大地產商的！明明上好的農田，地產商買來囤積居奇，丟空多年，野草叢生。一伙人悄悄來種南瓜，一人拿著一支鋤頭，每人挖開一個小坑，埋進兩粒南瓜種子。這種子是昔日歐洲移民去美國開墾，帶過去的品種，百年來代代相傳的古老品種，特地從美國訂回來的。下了種，澆了好多水，離開時，卻沒把握種子可以長出來。

誰知過了兩天，下了一場大雨；再過兩天，夜裡又一陣雨，一個星期後，南瓜苗長出來了！不過小小兩塊葉子，大家可樂了！「天亡地產商啊！」不知誰開玩笑，人人笑翻天，買不起你的樓，吃你一顆瓜也是好的。

那年的冬天太熱，南瓜不夠水，後來都乾死了。

幼苗冒出來，就得天天澆水，於是用膠樽來灌溉。這是幾千年前的方法，農夫把一個窄口泥瓶埋在田裡，水便會慢慢從泥瓶滲進農田，只需隔一段時間加水進泥瓶，便可確保田裡長期濕潤。除了把瓶子倒轉埋在泥裡，還可以在瓶底鑽洞，垂直埋在土裡，便可以定期在瓶口加水。

再過一個星期來看，南瓜苗長出幾塊葉子來，大家喜滋滋地澆水、鋪乾草，不斷打氣：「加油！一定要快快長大啊！」

「游擊園圃」（guerrilla gardening）在世界各地是一股風潮。在歐洲最早是流浪的吉卜賽人，偷偷在路邊種馬鈴薯，如今變成全球的綠色運動。人們在公共地方種植，可以是溫和地改善環境，如在垃圾站外種薰衣草，亦可以是公然挑戰土地使用權，有點像塗鴉（graffiti），但用的是植物，並且注重社區的歸屬感。

英國二零零四年已有 guerrilla gardening 的組織，曾經把向日葵種子暗暗地撒在路邊不同角落，夏天突然花開，看到的人都好開心，之後又有葵花子收成；又試過一伙人帶著好多紫色的花，一夜之間，把馬路交通標誌下窄窄的泥土變成花圃。當晚警察來問話：「你們沒權在公共地方種植！」「政府的地，就是市民的地！」人們捧著植物，不肯退讓，有人被帶去警署，可是兩小時後，人們又回來偷偷下種。

在澳洲，guerrilla gardening 的人們在路邊種番茄，還擅自插上市政府的旗子，結果區內人人讚好，市政府無端端攞彩，也不好意思拆掉。

Guerrilla gardening 其中一派，還會參考日本自然農法製造 seed ball 的方法，製造 seed bombs：把泥土加上少少肥料，摻上水和幾顆種子，搓成泥球便可以四處丟。地點首推沒人打理的「孤兒地」，像停車場邊的空地、路牌下的水泥縫。選擇的品種是當造粗生的植物，最好顏色鮮艷，引人注目才能帶來改變。

我也曾經收集山邊怕羞草的種子，帶去市區撒，好多香港小孩，都沒玩過怕羞草。

加拿大 Lethbridge 游擊種花社區行動，致力引起市民注意，一起改善社區。

英國游擊園丁偷偷地在荒廢的坑渠撒下向日葵種子，默默美化環境。

陽仔的示威番茄

陽仔一連三日都帶著大包小包蔬菜，去到「佔領中環」的集會現場。

在場的示威人士，其實都不太餓，不少聲援的市民送來食物飲品，那食物枱上還劃分了一個「快D食晒區」，堆滿麵包、西餅、生果，但受歡迎的，還是枱底放的薯片餅乾。陽仔沒說話，一邊拿出大堆新鮮番茄，一邊開火煮天使麵。

是想大家吃得健康一點嗎？

他立時笑了：「我想這裡沒人會關心健康！」

那為什麼要這樣麻煩？

笑容收起，眼神變得好認真，他反問：「佔領中環是為了抗議資本主義，那為何吃的都是大財團的食物？」

人們圍起來開會，熱烈地討論如何展開討論程序，陽仔在角落靜靜地，把一粒粒番茄切開一半。香港不是第一次有佔領式示威，由蘇守忠在天星碼頭絕食，到今年示威人士躺在馬路上，還沒來得及開餐便被抬走，不吃，遠遠比吃什麼重要。佔領皇后碼頭的示威人士也會煮食，但那是同志一起聚餐凝聚力量；不遷不拆菜園村，吃飯是捍衛家園。

當年青一代走入新界種田，新鮮農產品終於被帶到中環，挑戰的意義，不遜於一條條血紅橫額。

陽仔把新鮮番茄調好味，混入大盤天使麵條。上次看見陽仔，也是在煮這番茄意粉，地點是張弛的素苗餐廳。陽仔很早便參與反高鐵示威，半年前為了收入，去當時還在跑馬地的素苗當侍應。抗爭同伴紛紛去耕田，陽仔選擇跟著張弛回到錦田農場的家開私房菜。

就像以往的學徒，陽仔餐廳農場雜務都一腳踢，由張弛包食包住。那天陽仔幫手，一大鍋意粉就這樣攤在盤子裡，張弛急急拿橄欖油來，教他要放油，以免麵條黏住。番茄用洋蔥爆香，加原粒番茄罐頭，再灑黑椒香草調味，張弛熟練地很快煮好，上碟時，還放了幾片新鮮羅勒、幾塊碎芝士。這次的番茄是買回來，今季的番茄苗剛長出來，正等這頓飯後，張弛和陽仔一起去屋後的田地下種。

「這幾天張弛不在香港，餐廳沒開門。」陽仔有點尷尬：「如果給他看見我煮食，一定會笑。」大把大把天使麵，只有幾粒番茄，賣相和師傅的實在差太遠了。有人問怎不加些番茄醬。

「自己買番茄，煮成醬汁，價錢比在超市買一支茄醬，起碼貴六倍。」陽仔說：「我根本不能理解這些大牌子茄醬，為甚麼可以這麼便宜？但可以肯定，便宜到這個地步，不會是甚麼好東西！除非自己懂弄番茄醬，不然我們除了選擇大牌子的還可以怎樣？」

平時吃最多零食的示威者，都滿滿地盛了一碗番茄天使麵，然後齊齊坐在廣場，看左翼導演堅盧治的電影《Freedom And Land》。

對抗地產商的一頓飯

當龐一鳴決定「唔幫襯地產商」，一頓飯，也是一場抗爭。

兩大連鎖超市當然不會光顧，連鎖快餐店從此在他生活中絕跡，以前九成時間出外用膳，現在九成時間在家煮食。

以前，他很少去街市，很多蔬菜都不認得：「生菜、菜心、芥蘭那些從小吃到大，當然知道，可是其他的，幾乎都叫不出名字，尤其是青菜煮熟了，和未煮前的樣子，可以很不一樣。」

硬著頭皮去菜檔，只敢手指指，生怕叫錯，買一斤菜也很緊張：「超市買菜不用開口，現在要對話，好痛苦；又怕被人呃，如果要呃秤，一定會呃我啦！」意外地，菜檔阿姐好好人，教他買豆苗。他很高興地掏錢，往昔出外吃飯，豆苗比較貴很少點，不曉得原來二十多塊錢便可以買到一斤，回家亦不用再摘葉，蒜蓉炒香便好好吃。

自此變熟客，連枸杞葉都認得了。

餐桌上愈來愈豐富，在雜貨店買米、舊式麵粉店買麵條、閒時買餃子皮自己包餃子，偶爾煲湯。龐一鳴甚至去荃灣老圍村上耕種班，學習如何開田、下種，看蔬菜是如何種出來。

和朋友外出吃飯，挑的盡是小店，香港勝在多選擇，他形容就像約素食的朋友般，預先找地方便是。有時更有奇遇：試過跟朋友去灣仔一條小橫街的咖啡廳，才剛泊好單車走進門口，那老闆已經激動地說：「啊，我等了好久，你終於來幫襯我了！」

「唔幫襯地產商」，伙食費大減，從前月花四千元以上，現在只需一千元，街市買菜往往比逛一圈超市要更省時。但他相信行動會愈來愈艱難，就像超市賣的肉比街市便宜，街坊明知道有機會混入下價肉，還是因為低價幫襯，結果肉檔很可能會漸漸消失。

龐一鳴一直在學校兼職教戲劇、通識工作坊，常常旅行，前年十月開始「一年唔幫襯地產商」行動，一年過去，踏著單車出入、去圖書館或社區中心上網、選擇商場以外的戲院……龐一鳴不單把行動無限期繼續，甚至激發幾十人組成「良心消費聯盟」，一起支持本地小舖。

他決定行動前，已經反覆想了好久，並且用了三個月找資料、問朋友意見。當時最大考慮是：真的有需要這樣做嗎？「身體力行很重要，否則街坊都會覺得你唸過書、生活無憂，當作一場遊戲。」他說很想改變自己的生活，不想被地產商牽著走，所有需要的，都是用錢買回來。

用錢買，有什麼問題？

「很多東西會消失。」他解釋：「比方單車，一些零件開始消失，因為大家都買現成的單車，太少人修理，有些零件就不再生產，有次我的單車只是需要更換小零件，結果卻要整部份換掉。大家頭腦中知道要珍惜，可是實際行動，是不會發生的。」

最近龐一鳴要為一群社工系的大學生主持工作坊，他不收講者費，但要求出席的六十多名學生分成幾組，替他買到二十件物品：

1. 芝士 100g

2. 一斤雜貨舖的香米
3. 一斤本地有機菜
4. 一枝礦泉水
5. 一斤本地傳統麵廠造的麵
6. 本地製造的傳統糖果／零食
7. 有機廁紙一條
8. 男裝內褲一條（大碼）
9. 本地製造環保清潔劑
10. 手洗洗衣粉一包
11. 本地通話電話咭一張
12. 貓罐頭一罐
13. 菜種（在露台種菜）
14. 避孕套
15. 當日報紙
16. 今期《字花》一本
17. 電影戲票一張（10/3 7:30 左右）
18. 能紮作動物形狀的氣球十個
19. 可塗在面上的顏料（派對／萬聖節用）
20. 任何標明 Made in Hong Kong 的產品

不能幫襯任何地產商，馬上頭痕：不去那幾間大超市，怎樣買芝士？不去便利店，如何買避孕套？電影院不可位於商場內、哪間電訊公司與地產商無關？Made in Hong

Kong？多久沒聽過了……

龐一鳴解釋：「這些物品的價錢隨時多過演講費，但重點是大家都可以一起體驗。」他除了不光顧地產商，並且還嘗試減少用錢作為中介：除了請同學買東西代替講者費，還不時替少年人補習，換取對方家庭的一頓飯；有心人想捐錢支持，也請對方一起身體力行，最近便有人義務替他設計小店產品的Apps。

有堅持，但亦有體諒，尤其是身邊人。

「女朋友怕冷，我沒法拒絕電力公司，惟有減少用電，衣服都改用手洗，可是女朋友來我家，還是會開暖風機。她也會逛商場、去大型連鎖店買東西，我亦會陪她。」他笑了：「所以你是會在商場見到我的。」

火箭爐之夜

地球上有一半人口會在家裡用煤和木柴等燃料煮食，世界衛生組織估計，每年有一百五十萬人因此吸入過多二氧化碳或者因呼吸道疾病死亡，數字超過了瘧疾。人數實在太驚人，八十年代美國教授 Dr. Larry Winiarski 去了非洲考察，然後訂出十個使用爐子的原則，除了安全，還要節省原料，若要花相當多時間去收集柴枝，貧窮地區的婦女是吃不消的。

最後他設計出「火箭爐」。

這爐子設計不但安全，並且火力超強，只要七根即用筷子，就可煮出兩杯咖啡和煎蛋早餐，德國有專家估計，使用火箭爐每個家庭每年可省約一噸柴木，減少燃燒，即是減少碳排放。聯合國大力推薦，歐美環保人士紛紛採用，今年在台灣的工作坊愈開愈多，香港也有農場引進。

這一晚，我們三十多人就是用火箭爐開餐。大家分成五組，都有一個火箭爐、一籃菜、一碗肉，如何配搭，就看各組的心思了。開頭很興奮，洗洗切切討論菜式，很快地，大家都餓了，齊齊金睛火眼，都瞪著那一鍋飯。

公道地說，火箭爐是比碳爐容易燃燒的，幾根竹子塞進爐子，加一些紙碎，一下子就

樹藝師 Wynton 不斷調整柴火，讓楊寶熙很快地炒好菜。寶熙多年來一直推廣香港社區支持農業。

火旺旺；那火也比燒烤爐集中得多，燃燒的效能很高，而且沒有煙；火箭爐煮飯需要大約二十分鐘，甚至比電飯煲還快——但，還是要等啊。

明火燒飯，秘訣是不能開蓋，把耳朵哄過去，水滾的聲音沒有了，滋滋滋的聲音也漸漸消失，這時便可以離開爐頭。焗一會，打開，香氣四溢！

「為什麼你們有四隻鹹蛋?!」其他組員一下子起哄，組組都有三條臘腸，但都沒聽到一句：鹹蛋和雞蛋任拿，咱們這煲鹹蛋臘腸冬菇飯，馬上便贏了。

四季豆炒肉碎、洋蔥炒蛋、菜心肉片……每個火箭爐都好勤力，大火一點！負責控制的組員多塞進一根竹枝。快焦了，要小火，組員慌忙抽起竹枝。杜太第一次用火箭爐，評語是：「好夠鑊氣，不過要彎腰炒菜，好累。」

忙著炒菜、忙著吃，唯獨農場主人葉子盛，淡淡定地煮泡菜湯：炒香蒜頭，洋蔥，蝦米，碎肉……每樣配料都炒香了，再加進一勺自己醃的韓國泡菜。他說會做這十多個火箭爐，是因為家裡有兩個嬰孩，好多奶粉罐，農田裡又常常都有用舊了的竹枝，正好物盡其用。

阿盛的老農莊農場還定期開火箭爐工作坊。二零一二年元旦更曾經舉辦一個很有意思的活動：參加者除了親手用廢罐造火箭爐，還會一起烘焙和煮東帝汶咖啡。

東帝汶出產的有機咖啡，質量很高，但由於很多咖啡農民位處偏遠地區，交通不便，大部份人每日只可吃一至兩餐，一家全年總收入低於一百美元。活動當日還有志願機構帶照片來說東帝汶咖啡農的故事，所有籌得經費會給東帝汶的咖啡農購買咖啡豆脫皮機，幫助他們提高生產效率。

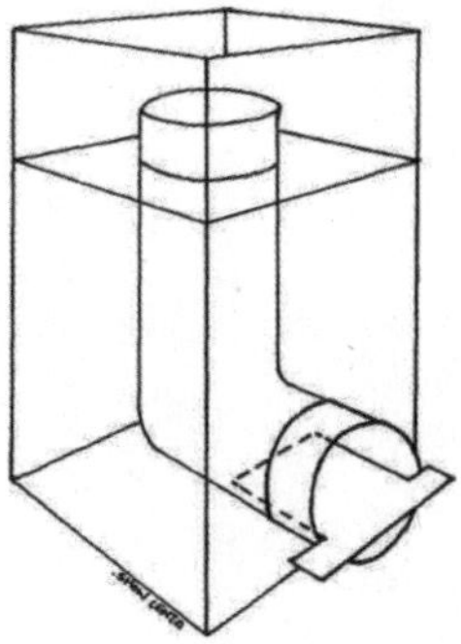

火箭爐的原理很簡單，用料可以是泥，可以是磚，或者像阿盛家裡多得很的奶粉罐。重要是形成一個L型的彎管，以鐵罐為例，可以是一個大鐵罐，套一個小一圈的鐵罐，再塞進一個罐頭鐵罐。

罐頭鐵罐是燃料入口，特意造得很小，不浪費燃料；接駁到小鐵罐的長長內部，讓火集中地燒，減少出煙，而氧氣燒盡，又會再把冷空氣從底下的罐頭鐵罐扯進來，彷彿一把風扇，不斷把火燒得更旺。大小鐵罐之間，塞一層砂石，用來保溫。

原理就是這樣，各人可視乎手上的物料再設計，農場十多個火箭爐，個個都用不同的鐵罐，不同設計也就有不同的效果。

魚菜共生

葉子盛非常高興：「終於成功了！」

他五月開始試驗「水耕養魚」：在桶裡養魚，桶頂放盤子種菜，不斷把魚水抽上盤裡淋菜，再讓蔬菜根部淨化水質。

水種農作物曾經在八十年代很流行，科學家在水裡加入蔬果所需的各式各樣的營養劑，不需要泥土，就沒有惱人的蟲害問題，種植也可移進實驗室裡，當時還一度宣傳是「無菌無污染」，然而一乾二淨也就無神無氣，化學物質如何調配，也沒法代替土地中充滿力量的微量元素。

可是水裡，有魚蝦有水草，也會如土地有生態系統。近年再次興起的混養方法，就是利用水裡的天然生態系統去種菜，例如台灣的「水水世界」，便是成功在養魚池上種菜，口號很趣怪：上面種菜瓜、下面種魚蝦、順便釣青蛙。除了賣魚賣菜，還可一套套設備出售。

沒見過香港有魚塘這樣在水面種菜，問過工廠式的室內養殖場，對方一聽便皺眉：「菜有細菌，魚會病。」先不談淡水鹹水的問題，養殖的都是貴價石斑魚，蔬菜幾錢斤？根本不值得放在一起。

這款用一百公斤藍膠桶，可以養食用魚。

這款用玻璃魚缸適合放在一般家居。

唯獨是葉子盛興致勃勃，試了又試。「傳統漁農業像基圍蝦利用潮間區的淺水地帶，非常懂得善用環境和不同的資源。然而如今知識愈來愈分門別類，不同的領域很少有合作，我就想，自己的農場如何可以多元化一點？」他剛好在網上看到 aquaponics 水耕養魚，馬上張羅一些大水桶和膠盤，試著不同方法裝上水泵。

第一次，把生菜、香草等連盆放在水裡，很多過兩天便死掉了。阿盛於是先把花盆拿走，蔬菜根部多了氧氣，開始有起色，再加上一些碎石讓蔬菜的根部抓住，很快便長大。

菜能長，魚呢？阿盛特地從母親的魚塘帶來七條鯉魚，鯉魚吃草，枯黃的菜葉正好餵魚。然而魚一放，水裡的污染物便增加，來不及淨化，菜開始死掉。一棵死，很快便全部死光。

「菜和魚的收量，好難平衡！」

他說畢，擱下實驗忙別的事去，六月底再試，這次連續一整個月，蔬菜繼續長，幼魚更大了一倍！

關鍵是蔬菜不再長期浸在水裡，而是利用汽水膠樽做成的「虹吸器」，水泵上來又流走，蔬菜等於一半時間在水裡，一半時間離水，就有足夠的氧氣。還有，飼料是問題，專家計算過：魚可以完全吸收的飼料大約只有兩成，吃剩的，連同排泄的，是污染的源頭。阿盛改餵麵包，少吃多餐，水質登時改善，他還額外放螺吃缸底的沉積物。

「吃麵包和菜葉的，都不會是貴價魚。」但他志不在賣魚賣菜，而是希望把是整個系統帶入一般家庭，除了鼓勵認識生態，也是小小的「城市農耕」。

他設計了一個十四吋大的魚缸，上面可以放兩、三倍大的盤子種菜，已經成功種植的包括辣椒、泰國芫荽，天涼心思思會試種番茄和紅菜頭，想想紅菜頭這類根部作物，可以在眼前一點點地長大，好神奇！

家中魚缸容不下鯉魚，葉子盛正在養的是河中小魚，計劃試驗的，還有各式各樣的金魚。

低碳田地

Fanny的田看起來，很像在等一個個小朋友來上學。

一張張小孩桌子、椅子圍在田裡，全部鋪上白紗布和宣傳橫額。「我是想過請所有朋友來，親眼看看什麼是『真有機』。」Fanny笑著說：「不過這些都是防野豬的。」

今年四月，海洋公園突然來了三頭野豬，去年也有野豬闖入北角，還有卡在馬路邊的欄杆、跌進引水道……城市裡頻頻出現野豬，在郊鄉，野豬更是橫行無忌。以前是冬天山上不夠果實等食物，野豬才會跑下來吃農作物，這幾年，天氣還沒涼，野豬已經開始下山，田地若是近山邊、在山上的，更是一年四季都有野豬光顧。

番薯、芋頭、馬鈴薯，通通都不用想，一下種就給野豬吃掉，整片農地都是坑洞，僥幸種大了，還沒來得及收成，野豬一夜就吃光；果樹如木瓜、香蕉樹也遭殃，野豬會吃樹幹裡較嫩的部份。以為有水便可以隔開野豬？一步就走進池塘裡，大嚼蓮藕。

香港早已沒有豹、老虎等更兇猛的動物，野豬沒有天敵，肆無忌憚地繁殖，一頭母豬一年生兩次，每次可以有四到八頭，數目直線上升。

「你們在新聞看見警察在城市捉野豬，覺得很可憐，可是野豬在田裡，漁護署都不管，農作物吃光光，我們不可憐?!」不止一次聽到農夫批評城裡人的同情心很表面，看不見情

Fanny的農地圍上膠橫額，阻擋野豬。

況已經失衡甚至失控。

本地唯一專責對付野豬的，是民間兩支志願的野豬狩獵隊，一支在西貢、一支在新界北，大約有三十個隊員，要過通射擊考試、甚至品德與操守評定，才可以獲得警方發出的雷明登鳥槍槍牌，和漁護署發出的狩獵牌照。

城市看見野豬，警察會急召狩獵隊，但農夫卻要先報警，再經漁護署轉介給狩獵隊，手續起碼兩個星期，狩獵隊出動前四十八小時還要先向警方申請。所有行動，都是狩獵隊自費的，一粒子彈十元，還要購買保險，所以一般農夫都不會想到找狩獵隊。

為了防治野豬，農夫用盡辦法。裝電網相對有效，可是把整幅田都圍上，費用不少，而且電網不時會被撞爛，不斷要維修。有的農夫會養狗，一群狗可以把小野豬趕走，成年野豬重逾四百多磅，多兇的狗都會讓開。

有的用上木板、圍欄等種種建築廢料。去過大埔梧桐寨，山上農田幾乎全部圍上選舉廣告、議員報告等橫額。「可能橫額有『膠味』。」那農夫說：「木卡板可能是木頭，野豬一下就撞過來，若是橫額就會略為猶豫。」

然而也有野豬不怕橫額，Fanny 就覺得白色才是關鍵：「橫額也是白色的，我用了一些白紗布，野豬就不來了。」她這幾個月才開始種田，每天還特地向素菜館、朋友收集素廚餘，帶回田裡做基肥，可是因為野豬，泥裡的廚餘都被掘出來，什麼都種不成。有了這些白色圍牆，才開始嘗到收成。

Fanny 是因為健康原因才去耕田。幾年來她身體很差，皮膚很壞，於是跟一個中醫師學氣功，醫師要她吃有機的蔬菜。可是外面標明有機的蔬菜，不一定沒有用農藥和化肥。她於是特地上耕種班，去年冬天還在粉嶺山邊租了一塊地種菜，不但給自己吃，也給同門的師兄師姐。

「師傅說吃了真正的有機菜，腸胃都會感覺到一道氣。」她很高興地說：「師傅說吃我的菜，就有感覺！」

Fanny 的丈夫在大公司上班，每月都會問市場部討橫額，給太太放在田裡防野豬。小學枱凳來自朋友教書的學校，學校定期換傢具，舊的桌椅都沒人接收，又送給 Fanny 守著農田。還有進到田裡的小路，泥濘上鋪著木板、卡板、膠板，每一步都踏在不同的物料上。

種菜用的肥料，全部都是向朋友和素食館討回來的廚餘，有些還特地製作成酵素，提高肥力。Fanny 本來想全個農田都不用電，只是每天澆一次水要提八十桶水，手部馬上勞損，丈夫馬上來裝了電水泵，她正在找太陽能板。「二氧化碳零排放才是『全健康』，我現在是『半健康』咋！」她說。

太陽能種菜

Gary去年偶然和太太一起參加了粉嶺馬屎埔導賞團，看著大片菜田，突然閃出中學的回憶：當年他去台灣探親戚，在東海農業大學遇上大片禾田，那禾穗比人還要高。「一望無際，好震撼。」他說：「在香港全是高樓大廈，我從來沒試過一望無際！」

曾經，農夫站在田裡看見一望無際的農作物，心裡也喜孜孜：可以養多一匹馬，幫忙把農作物拉去市場賣。那年頭，地能種出多少糧食，便可以養活多少人和牲口，經濟生產都取決於土地的產量。什麼是「馬力」？就是一匹馬可以拉動的力量。

十八世紀Thomas Newcomen發明第一台蒸汽機，利用燒煤，把熱蒸汽引進鍋爐推動引擎，一下子便代替了繞著圓圈行走的五百匹馬。奇蹟一樣，地底的煤、連同天然氣、石油等億萬年前的化石燃料，產生的驚人力量令經濟一飛衝天。如今談汽車有多少「馬力」，已經和馬、穀物、牧場再無關係。

Gary也會行山，但落田？「會否被狗追？」他開玩笑，鄉村、田地、農業，全部都好遙遠。他去完導賞團，感覺有趣，於是又參加馬屎埔生態班，看鳥，看花，認識了好多種青蛙：「好過癮，和在花園街見到的寵物很不一樣。」興趣漸漸增加，加上結織到一群朋友，一起去到菜園村。

一想到村子即將被拆、田地被灌上水泥，每一次去完菜園村，他都會帶一把泥土回家。

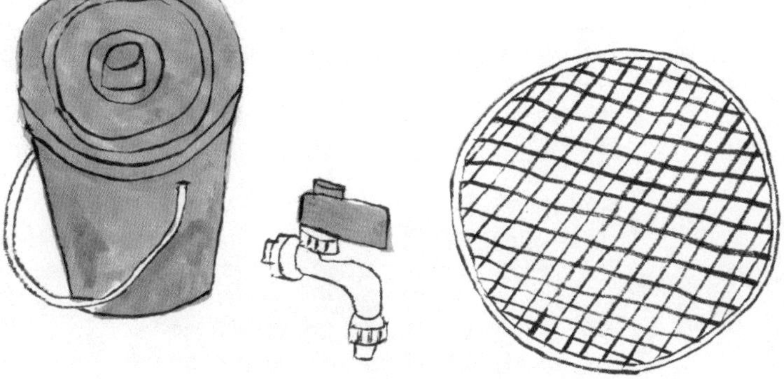

Gary 廚餘桶的主要原理，是在大膠桶底部安裝隔網和水龍頭。

太陽能自動灌溉水泵成本約港幣五百元，重點是把一個原本用插蘇電的電子時間掣改裝成用電池操作，再使用太陽能為時間掣和自動開關的水泵充電，不用再拉線和換電。

化石燃料帶來地球前所未有的繁榮，隨之而來，卻是生產過剩、消費過度，商場堆滿了貨品，可是更多的垃圾送去填堆區。農夫用石油生產出來的化肥、農藥，把土地催谷出驚人的產量，同時，每天浪費掉的糧食也是驚人的，例如香港，每天近四成的垃圾是食物。

更大問題，是化石燃料燒出的二氧化碳導致氣候變化。根據英國 Stern Report，全球平均溫度上升超過 2°C 的機會率高達 99%，毀滅性的 5°C，機會率是 50%。日本核危機爆發後，一片反對核聲響起，可是繼續使用化石燃料，也是死路一條。

Gary 用菜園村的泥土，生平第一次種菜。他自小喜歡 DIY，買了一個膠桶自製廚餘桶，家裡的菜頭餸尾放進去，每星期都會流出廚餘水，這就是菜苗最愛的「肥水」！主要原理，是在大膠桶底部安裝隔網和水龍頭，廚餘不浸著水，便不易發臭，並要長期蓋著，避免蚊蟲滋生。他的經驗是不要每天逐少加廚餘，溫度提升不多：「一次過塞滿桶，會像超新星爆發一樣熱到出煙，一次過排了 1.5L 廚餘水出來，連橙皮也化得相當徹底，體積也縮小非常多。」冬天貓貓尤愛在廚餘桶旁取暖，不過 Gary 的設計，尚未經過炎夏的考驗。

他又設計了一套太陽能自動灌溉水泵，把母親用舊了的衣服膠盒做水箱，裝上按時間掣開關的水泵，一、兩個星期沒有打理，蔬菜都不會枯死，所有電力，都用太陽能充電。整個裝置成本約五百元，都是從深水埗買回來，重點是把一個原本用插蘇電的電子時間掣改裝成用電池操作，再使用太陽能為時間掣和自動開關的水泵充電，不用再拉線和換電。Gary 坦言太陽能的效益不高，很想試風力發電，但怕鄰居投訴。

家裡天台那十幾盆菜不斷有收成，上星期剛剛收成了三斤沙律菜，分給外家都好開心。「有一棵白菜開了花，我成棵摘下來，親戚小朋友第一次見到白菜的花和豆莢，興奮到不得了。」Gary 說吃過自家種的菜，很難回到街市買。

如何減少依賴化石燃料？善用土地資源，盡用可再生能源，但願核電大怪獸，再也不用放出來！

荒村瓦缸

阿文把水泵，巧妙地藏在瓦缸裡，水裡還有養小魚防蚊。

第一眼，是瞥見農夫阿文自己設計的「噴泉」：一個酒罈打橫放，壺嘴源源不斷流出山水，把大水缸都注滿了，旁邊還有另一個水缸，種了好多浮蓮。

「好漂亮，哪來的水缸？」看了實在喜歡。

「周圍都有啊，撿來用就是了。」阿文說，聽了雙眼發光，他於是領我走。

山邊一整排老房子，青磚瓦頂，檐枋下還有花鳥畫。這些彩畫可以保護木材避過蟲蛀蝕，顏料能夠辟濕，有些更含有劇毒，只是鳥兒「飛」了，花兒「謝」了，老房子，早已被遺棄在荒地裡。

屋頂半邊瓦片倒下來，野草乘勢佔領，厚實的青磚牆也撐不住，藤蔓索性把房子吃掉。農夫伸手，向屋中間一指：「看，那裡就有一個水缸，旁邊還有一個小圓壺，是放糖的。」

每個瓦缸，原來都不一樣。

缸口較窄，並有小小的高度，是用來做醃菜的，那缸口的高度正好讓泥巴封住，再蓋上布匹，用繩子綁起來。漂亮一點的，會在缸口印上麻布的花紋，並且在缸身燒上一層釉。

另一個寬口缸，缸口是平的，目的是可以穩穩地蓋上木板；還有大肚窄口缸，缸身幾條橫紋，這兩種平口缸，都用來放東西，村屋潮濕，放櫃子不如存在瓦缸裡。其中一個高過半個人，說是放米的，這樣大的米缸？但想想新界以前都種米，收成的穀粒，得用多少大缸裝！

如果缸身有密密麻麻的直紋，形狀上闊下窄、缸口很平可以蓋木板、兩邊並且有「耳仔」——那是「馬桶」，裝屎尿的！

阿文雙手一起按著「耳仔」，很易容便把瓦缸提起來：「你看這『耳仔』，可以看到陶匠的手指頭曾經按下去，如果你拿對了方向，一點也不會滑手。可是方向調轉，就拿不穩了。」

馬桶拿不穩，後果真嚴重……所以缸身亦有直紋，方便拿起來清洗，設計實用並且仔細，沒有一分多餘。我蹲下來摸摸那兩個「耳仔」，彷彿想像到陶匠的手指頭，這雙手造好了水缸，拿兩塊小塊泥捏住黏上去，再拿一支竹，劃出一條條直紋。

「拿去用啊。」阿文慫恿我：「不過老人見到會笑，你如果說：『新的，沒用過的。』那老人更加會笑，明知你講大話，現在哪裡還有人會做這些瓦缸！」阿文小心地把馬桶缸裡的白色漬物敲出來，這些古早尿漬，是上好的肥料！

破房子裡，還有今天我們仍然熟悉的龍缸花盆。龍缸最先是皇宮的「消防裝備」，是明初景德鎮御窯廠生產的青花瓷器，有嚴格的規定：「前寬六尺，後如前饒五寸，入身六尺，頂圓。」製作過程要求更高：「需溜火七日夜，緊火二日夜，比火後冷卻十天方可開窯。」由於用在宮殿，才大膽地畫上雙龍寶相花、雲龍、四環戲潮水等紋飾。

明萬曆以後，由於御窯廠被毀，民間開始生產大大小小的龍缸，主要有四種：大龍缸、魚缸、缽式缸、小水缸。

中國沒有了皇帝，龍也墮進尋常人家。

宮廷有青花龍缸，民間亦有龍紋花盆。

沒有垃圾

收買佬達哥好勤力，天一光便叮叮噹噹不斷敲打。

他把收集回來的電器拆件細細分類。

「鋁罐幾錢一個？」我好奇問，在街上會見到阿婆執鋁罐。

「一毫子啦。」

才一毫子？以前價錢高一點的嗎？

「從來都是一毫子。」

陰功，執足一天可能也沒有兩塊錢?!

達哥說，鋁大約是十二、三元一公斤，鋁罐愈來愈輕，不值錢。接下來，紙大約五、六毫子一公斤，所以他連紙皮也不想拾，雜誌重甸甸的才會要。塑膠、玻璃，連回收市場也沒有，在收買佬眼中，真真是垃圾。

現在最值錢的，是銅，賣到五十元一公斤。前陣子有婆婆把祖屋租給內地人，居然把全屋的電線都拆走賣銅線！達叔也會蹲著把一條條電線拆開，一綑銅線，勝過一籮鋁罐。

洗衣機摩打因為用了很多銅線，可以賣一百多元；雪櫃呢，摩打收在黑色盒子裡，好難拆開，拆開了摩打也比洗衣機小，只賣到三十元，不過雪櫃還有小小銅喉仔，可以再拆。

達哥門口便放著兩個大雪櫃，等有氣力和時間才去拆。他住鐵皮屋，門邊貼著幾塊磁石，不時拿來貼不同的金屬。磁石一貼上去，就是鐵，價錢只是兩元一公斤，不過像坑渠蓋、鐵閘，勝在夠重，還是有人會偷。

「其實偷這些坑渠蓋、鐵閘，好易查到，警察去回收舖一問就知道，回收舖也是貪心才會收。」他說香港用的金屬材料結實一點，不像內地都混了雜質，舊料「鋼水」足，回收更受歡迎。

他今天執到一個不鏽鋼煲和兩個鑊蓋，很開心，不鏽鋼以前值十元一公斤，最近一直漲價。還有幾個磁器門把，他說那底部的鉛，可以燒熔做釣魚的鉛，也值幾塊錢。

那磁門把，全是一朵朵手繪英國玫瑰，好漂亮，於是拿了一個鑊蓋換回來。

所有垃圾，都是放錯位置的資源。

曾經入住沙田城市邊緣的村屋，一到長假期，總有人半夜把裝修垃圾堆出空地。建築廢物運到堆填區是要收費的，心想，所以才這樣偷偷摸摸吧。

看見幾道白色木門，門面是扇葉設計，加個鐵鉸不就成了屏風？於是搬了回家。第二天一早，大堆雜物已經不見了一半，附近有些人住木屋，建築材料可以用來修修補補，好搶手；下午朋友來我家，後來很高興地告訴我：離去時在空地撿到一塊木板，正好拿回家造了一個書架。

第三天，清潔阿姐開工，已經沒剩多少東西了。

空地原來是循環再用好機會，人人各取所需，你不要的，正好是我家等著用的。如果這些東西給擱入垃圾站，被撿走的機會一定會大大減少，感覺比較污糟，像那些木門，我未必敢撿回家。

然而換作是大型屋邨，垃圾房不但「閒人免進」，清潔工人也不可以拿垃圾去變賣，嚴格來說，賣廢紙也是犯法的，更沒地方容得下達哥般懂得把垃圾變寶的收買佬。

前陣子參觀最新的公屋垃圾管理：所有垃圾都由垃圾槽直接落進大型垃圾桶，再由電動車拉去自動壓縮機，隔走垃圾汁、垃圾體積縮細三分一，然後塞進新式的密封式垃圾車，直接運去堆填區。官員非常自豪整個過程都不會傳出臭味、滴出垃圾汁——只是，廢物也沒有任何機會被回收，有用沒用都混在一起，壓作一團。

可是每層樓，都有三色桶，讓居民分類回收垃圾啊，官員申辯。

一來物件重用，會比回收更省資源，例如玻璃瓶洗乾淨再用，比打碎造成玻璃磚，更有效益；二來缺乏教育，三色回收箱的成效一直為人詬病。

眼不見為淨的垃圾管理，似是先進，實情在善用資源的角度，相當落後。

都是資源

搬到大埔村子後，每次有客人來，都忍不住帶去看我好喜歡的一棟房子。

「好靚好靚，全部自己起，材料配得好好！」總是興奮地繞著房子團團轉：「你看門前那條小路，又有磚，又有石屎板，還有磁磚牆面，立立雜雜，但不單只鋪得整整齊齊高低一致，顏色和質料搭配都有心思，感覺好豐富。牆上一塊塊鐵皮，不規則地連接在一起，好像Paul Klee的畫！屋後的灶頭設計好仔細，磚頭之間刻意透空，還有氣喉；還有，還有，後園的雜物架，建築物料放得多企理，居然是用石油氣罐砌的！」

一輪嘴說完，大部份人都不知怎反應，於是又帶去旁邊另一間鐵皮屋：「你看，一比較就分出高下，大部份鐵皮屋都是左披右搭，接口重重疊疊，多亂七八糟！」

人們這才點點頭。

那天終於遇見屋主何先生，很安靜的伯伯，見多兩次，話匣子才打開。

六、七十年代，自己起屋是平常事，山邊木屋仔兩、三日便起好，路邊鐵皮屋，聽過一天便可起貨。何先生一個人起屋，全家一邊住一邊加建，工程沒難度，問題是錢：「以前起屋，黑白兩道都要收錢，給了這個，那個又要給。」

何先生從事機電工作，有基本的技術，部份物料像玻璃窗是買的，更多材料撿回來。

他滿肚都是戰後廣州的重建故事。例如十二層高的南方大廈，曾經是廣州市最高的大樓，戰時被燒掉。解放後政府計劃重建，所有建築師都說要拆掉起過，造價極高，政府後來用了最便宜的方案：在大廈外架起鋼筋，再把內部一層層牆壁拆掉，像雪條包上脆皮一樣，如此重新築起大廈的外牆。

「建築師好叻，沒有資源就要變通，有錢要『上馬』，無錢也要『上馬』，一定想出辦法來。」何先生說：「當時的東山醫學院，用竹代替鋼筋，再灌水泥，居然也撐得住。」

可是在村裡撿「垃圾」，也要有門路。我最近也在起門前梯級，從附近一條村的垃圾桶旁執了幾塊大石頭，貪玩地砌了太陽、皇冠、大腳板等等，村民馬上現身，鋪了的石頭都要挖開搬回原位。

何先生聽了，帶著我走。

「你看中國傳統的房子，都是用石頭砌的。」他說。那是瓦片頂的老房子，夾在一堆三層別墅式村屋中，日久失修，屋頂外牆都倒塌了，露出裡面的大石頭。他走到一個停車場後面，全是石頭：「這些都是人們起丁屋後丟出來的石頭，你撿一定沒人出聲。」他拿起一塊石頭，有一邊比較平，解釋就是要挑這種，可以一塊塊放平，用槌仔和木板打入地面，混入英泥砂，用水泥的「灰匙」弄平，薄薄地加一層水泥，就很耐用。

他繼續走，不斷教路：這一堆碎了的大塊水泥板，逐塊搬回家，拼拼砌砌，很容易便把泥地填平；這一堆紅磚，凡是斷開兩截的，都可以撿走，裝修師傅當垃圾，其實兩塊可以拼回一塊；還有一間爛鐵皮屋，給拆得空洞洞了，但那剩下的一條條水泥柱還可以再利用。

如果香港多幾位何先生，天天運去堆填區的建築廢物一定大大減少。

看似殘破的房子，近看極多趣味細節。

何先生自有一套美學，真正化腐朽為神奇。

教授愛垃圾

理大設計學院助理教授蕭競聰不只一次，收集自己的垃圾。

第一次是二零零六、零七年，時間只有一星期。「當時想了好久，什麼垃圾留，什麼不，比方去完廁所，用了的廁紙怎能留下？抹鼻涕那張廁紙勉強可以留，但如何保管？吃剩的骨頭等廚餘，惟有決定放棄。」他笑笑說：「其實是『隻眼開隻眼閉』。」

那一個星期，每次口渴都好大掙扎，如果無端端買一瓶水，就會產生多一件垃圾；有時又沒留神，例如喝奶茶的紙包糖，撕開了的小紙條隨手便丟了，只記得儲起餘下的紙袋。「原來生活裡產生很多垃圾都是不經不覺的，直到要處理，才知道這樣麻煩。」他一直都有關注都市垃圾問題，希望從自己出發，面對產生出來的垃圾。

一星期後，他就開始帶水壺上街。

一年後，蕭競聰決定再試，這次為期長達一個月。他連和家人去澳門旅行，也認真地把垃圾帶回家。那時女兒才四、五歲，逛市集吃魚蛋，蕭競聰都小心地把魚蛋的竹籤、沾有豉油的膠盒放進膠袋裡。第一日一袋，第二日第二袋，第三日就全部背回家，好在太太早習慣他林林總總的藝術實驗行動，還主動幫他把垃圾放進袋裡。

然而這次行動還是以失敗告終——蕭競聰忘記了自己剛搬家，新傢具的包裝垃圾多得驚人，根本沒地方收集！

收集了幾次後，為了彌補產生垃圾的內疚感，近年他認真地思索垃圾回收的問題：回收（recycling），一般都是降級的循環回收（downcycling），例如汽車的精鋼在回收過程中，和外層的油漆、塑膠、其他零件的金屬混在一起熔掉，大大降低了品質。有沒有可能「升級」回收（upcycling）？零件不能再用於汽車，卻能夠造成相當別致的傢具。

如果所有垃圾都可以通過設計，升級回收，資源便能更好地利用了，蕭競聰和民間博物館合作，不斷舉行升級回收設計活動。

他說困難除了尋找聰明的設計點子，還有整個生產和銷售模式都要改變：工廠以前只需向原材料供應商下訂單，但現在需要回收垃圾再分類；回收的物料如果需要大量人手，如何大量生產？銷售的網絡如何打開……每一步，都不容易。然而想法變，就有新機會，社區居民也可以一起參與，除了減少廢物、減少耗費原材料，還可以提升社區。

「柬埔寨便有志願機構找到設計師合作，讓婦女在家用舊雜誌做手袋，條件是要讓孩子繼續上學。」蕭競聰的雙眼，滿有期待。

綠瓶子

設計師 Hung Lam 最初接到內地某礦泉水的案子，超級興奮：「嘩，中國大 Mountain！」從大山流下的泉水，一天會裝進幾十萬支瓶子裡，多少設計師會夢想那瓶子是自己的作品，源源不絕流向全國各地。

只是接著接了一本環保雜誌的案子，想法開始改變。「本來也知道膠樽分解很慢，對環境不好。但認識了一些『壞朋友』啦，成日嚇我！」他開玩笑。

壞朋友，自然包括我，氣候變化這種大議題，一旦認真面對，無法不擔心。想想一個今年出生的孩子，悉心栽培二十四年後終於唸完大學，卻會面對這樣的世界：

北極的冰大部份都消失了，好些地區面對洪水威脅；亞馬遜雨林部份甚至全部被毀滅，大量物種面臨滅絕；糧食收成和全球淡水量都下降，愈來愈多飢荒、不少地區缺水；還有益發頻密的森林大火、暴風雨、熱浪、旱災、水災、瘟疫……那張大學證書還管用嗎？

紓緩氣候變化，就要減少排放二氧化碳。得知道，一支樽裝礦泉水從製造、運送、冷藏到使用後丟棄所造成的污染，可高達自來水的一千倍！假設一支由菲濟運去美國的一公升瓶裝水，由製造、運輸、銷售以至棄置，全程會排出250g二氧化碳，大約要一棵五米高的樹花上十一年，才能把這樣的碳污染抵銷。

不再喝瓶裝水，可能比硬把孩子擠進名校更有益。

一天吃飯，Hung Lam主動問：「到底裝水的樽，有無污染的選擇嗎？」

突發奇想：「竹筒？竹長得好快。」

大家都笑了：「不如種葫蘆。」

開始有來有往。把Annie Leonard的短片《The story of bottled water》傳給Hung Lam，過幾天接到他的電話：「粟米做的膠樽，行嗎？」「埋在堆填區，什麼都難分難！而且糧食價格一直升，粟米不如吃掉。」我答：「英國Marks & Spencer超過八成的瓶子都用了recycled plastic，會否是另一選擇？」

他用心地做了很多功課，發現recycled plastic裡回收膠的成份，由於裝食品要求高，可能只有小小的5%。最後選了additive plastic，塑膠添加「營養素」吸引細菌消化，分解效果比粟米膠樽更穩定，經銷商說就是埋在堆填區，一至五年也可分解。Hung Lam還特地索取化驗報告：「那樣好，為何不是所有公司都用？成本可能本來要兩毫子，現在只是貴多兩毫。」

兩毫多兩毫，成本便多一倍！

一天生產幾十萬樽水的客戶聽了 Hung Lam 的建議——沒有反應。

「如果對方是賣汽水，我可能不會往環保方向想，但礦泉水宣傳的是『自然是最好』，產品本身對大自然有理念，可以建立品牌，不是得把口，好就拿走，污染繼續，這樣還可以持續幾多年？」Hung Lam 沒有動氣，只是覺得可惜：「本來有可能減少污染，同時開拓商機，多方都能贏，我也是活在這地球啊，那公司每天會生產數十萬支膠樽，責任和後果我都有份。」

案子接下只能繼續，但 Hung Lam 認真地和團隊談過，下次會否再接這類案子。

大生意喎！

「那我又不是等錢交租！」他笑了：「能夠選擇，何不做好的選擇？」

不成功，卻沒放棄，未幾，又接到另一個樽瓶飲品的案子。

這次是替新生精神復康會的豆漿設計容器，Hung Lam 想法是豆漿樽之後可以變身洗手液的瓶子。

無論是粟米塑膠、additive plastic 等如何容易分解塑膠，回收打碎再造，用途都只能次一等，Hung Lam 於是選擇回收再用。他有份創立「區區肥皂」，讓社區婦女生產及銷售無污染清潔用品創業，使用的瓶子，是一間有機食品店的豆漿樽，只是食品店設計瓶子時，沒有考慮其他用途，樽口太大，很難使用一般清潔用品的泵頭。

新生的豆漿樽：方方正正，像一磚豆腐，又似威士忌酒瓶，日後變身區區肥皂的洗手液時，不但樽口可以加泵蓋，薄薄樽身正好放在窄窄的洗手盤。

二零零二年《從搖籃到搖籃》（Cradle to Cradle: Remaking the Way We Make Things）丟下一粒石子，漣漪意外地擴散到全球，作者德國化學教授 McDonough 和美國建築學院院長Braungart形容目前的設計思維是「從搖籃到墳墓」，產品一生產出來，就注定成為垃圾。新思維是「從搖籃到搖籃」，在設計之初，便考慮產品多功能，由生產到報銷後的整個生命週期，都可以惠及環境。沒有東西是垃圾。並不是像一般人所想的盡量減少垃圾，而是透過設計來徹底消除垃圾。

這種生態設計思維影響力極大，從此「C2C」不僅指consumer to consumer，在設計及環保圈子，是指cradle to cradle。

Hung Lam沒看過這書，卻有同樣的想法。「條路一定是這樣走。」他淡然說：「香港已經消費完一輪，現在很多年青人都嚮往自主生活，關心環境，設計師是最『潮』的，但不再是為消費而潮，而是要掌握整個社會的大潮流。」

牛奶袋

設計師林紀樺拿來一個「牛奶袋子」：布袋原料有一半是「牛奶」。

牛奶滲進纖維並不稀奇，布質纖維之間的微小隙縫有機會滋生蟲蟎，日本便把處理過的牛奶填入隙縫減少蟲蟎，專門給有敏感症狀的孩子使用。然而驚人的是報廢牛奶的數量，每日全球會生產一百二十萬噸牛奶，當中兩成都很可能丟掉：收購商會要求牧場生產比訂單多一成的牛奶，以減低供應不足的風險；收集和運輸途中，會有牛奶變壞；製成鮮奶、芝士、奶粉、各式各樣奶製品的過程，又有各種報廢情況；工廠生產過剩的、質量有問題的……還沒計算超市賣不去的，想像天天倒掉的牛奶，可以多達一百個標準泳池！

這些牛奶丟去哪？澳洲當地約有一成生產的牛奶會當堆肥使用，但也漸漸污染地下水。日本福島核災後，大量污染牛奶無法處理，倒進大海會污染海水、焚化爐蒸掉燃料成本太貴，政府急得向澳洲求助，最後的「解決」方案是向乳牛打荷爾蒙針，停止分泌牛奶。

因此，雖然一瓶牛奶只足夠製成郵票面積的布，仍然有源源不絕的牛奶可以用來生產這類布袋用品。

再看看林紀樺其他產品：

「蛋殼搖搖」：玩具搖搖除了繩子，全部由雞蛋殼壓製而成，二零零六年全球生產了

六千六百萬噸雞蛋，其中四千五百萬噸在中國生產，大量蛋殼需要處理。

「菠蘿袋」：布袋三成的纖維來自菠蘿。世界每年生產的菠蘿多達一千四百萬噸，菠蘿皮的數量巨大。

「蘋果刷」：刷子除了豬毛，手柄部份的原料有三成半是蘋果渣，收集自果汁廠，專門供應給內地航空公司。

「以前那些蘋果芯會拿來餵豬，但現在豬農寧願餵更高效能的飼料。」林紀樺說。

近年不少設計師推出形形色色的「綠色設計」，林紀樺與別不同的，是自己有工廠在東莞生產，著重的不只是漂亮外形或有趣意念，而是實實在在地生產製造。很多所謂「環保產品」都很可疑。林紀樺曾經和日本關注環境的設計大師益田文和去看香港店舖售賣的綠色產品：汽水罐拉環造的手袋，個個拉環工整簇新，如何在社區裡回收？糖紙造的裙子，是買大量糖果吃了重用糖紙，還是直接跟糖果廠買？荒謬如小學生特地買雪條棍造「環保勞作」。

「我曾經收到一張訂單，一間荷蘭公司要用單車內軚造記事簿，我說沒可能回收到這樣多漂亮的車軚，那公司竟然直接叫我用橡膠模仿車軚再生產！」林紀樺拒絕了，可是一間波蘭公司接下訂單。

他打個比喻：假設一個人每天吃飯盒，總是吃剩半盒，於是把白飯加入泥沙變成磚頭，就算幾年過後，那些磚頭足以砌一間屋——但有什麼意義呢？為何天天吃飯盒？為何總是吃剩？這是回收的「神話」：就算廢物回收可以再造，不如一開始就不要產生廢物，白飯吃掉好過啦！

把廢物重新設計的難度，遠遠比不上背後合理的回收、生產、再銷售的過程，林紀樺很早已經利用設計把咖啡渣變成家庭用品，也和大型連鎖咖啡廳談好了，然而最前線的員工拒絕收集咖啡渣：「店裡僅僅可以沖咖啡，怎有地方收集廚餘？萬一惹來昆蟲誰打理？」

同樣，香港貿易發展局同意把所有展覽用完的地毯送出來，林紀樺也想出如何壓成極堅固的物料再用，再設計成書架、衣架、鞋架等等，可是香港垃圾無法正式入口內地，也就不能運到東莞工廠，惟有改為收集廣東省展覽所用的地毯。想想，香港入口多少內地工廠生產的物品？淪為垃圾後，本地卻沒有工廠可以回收再造，於是一股腦兒又塞進堆填區！

林紀樺本來和環保一點關係也沒有：家裡開食肆，在澳洲唸機械工程，畢業後當上工程師，但最愛還是電影、音樂、藝術、文化等等。一九九四年他偶然踏足家庭用品設計和生產行業，那是香港製造業的黃金年代：「人民幣的成本，馬上就變成同數額的美金利潤！」由於對家品一無所知，就以 green（新鮮）為名，成立 green & associates，沒想到每次到海外辦展銷，都有客戶問是否生產環保用品，他笑著說：「真不知道是改錯名，還是意外起對了！」

二零零五年終於開設 OOOBJECT 系列，一開始也不斷被騙，投資都泡湯，跌跌撞撞三年才開始上軌道，可以請內地好些大學進行科研，和外國不少大品牌合作設計和生產。

他不敢奢望可以「解決問題」，像永續設計經典《從搖籃到搖籃》從此都不會產生垃圾，但希望可以提出一些可能，嘗試帶來一些改變。以 OOOBJECT 系列的 revive tumbler 玻璃杯為例：

玻璃回收其實頗具爭議，西班牙很支持回收，生產不少循環再用的玻璃器具，可是德國就有報告指玻璃耗用太多能源，並不值得。林紀樺指出現在有些玻璃會燒掉重用，是使用玻璃廠的餘剩熱力，他說北京最大的玻璃廠，那熔爐要六十日去加熱！由於要二十四小時不斷燃燒，也就可以處理回收的玻璃。一些歐洲國家的玻璃回收雖然隨處可見，但都需要額外資源去運輸和分類。
林紀樺設計出的方案，是直接向玻璃廠收集次貨，他說玻璃生產時多達四成製品不合格，直接向工廠收集可省下運輸成本；然後，採用黏合而非燒熔，節省能源，並且加入木質纖維，加快日後棄置時的分解速度；製作時並且加進不同顏料，回收時就不用先行依照原本的顏色分類；由於是食具，還要達到歐盟的安全標準。
他最後提及的，才是杯子的外形：「完全是透明玻璃水杯最經典的造型，人們一看便知道用來喝水。」
生產這杯子，已經思前想後花了極大心力，然而用的人，還是可以隨手丟掉。那些牛奶袋、菠蘿袋，通通都可以是多餘的消費。林紀樺坦言最好是「人一世物一世」，例如日本名師鑄造的一把菜刀，可以用上一世，可是也不可能每人都可以擁有這樣的菜刀。「大量生產讓更多人可以使用，是否只是浪費？我不知道，所以晚上依然睡得著。」他對環境有心，但不視作包袱，並且相當樂觀，覺得人類到了生死關頭，一定會努力面對，重新起步。
二零一二年的設計重點，是種植：林紀樺推出了很多在家裡種植的產品，例如掛在窗子上的盆栽。他也嘗試改變種植的體驗，例如買一張「石頭紙」回家，這張用石頭製成的紙張，防水又堅固，回到家裡才摺成盆栽。
一聽便興奮：自家生產糧食，很可能是大趨勢。沒陽光？可以種菇類；沒地方？可以發芽菜，甚至有說人類未來主要食物，是繁殖力強的水母和海草，在家裡放個水缸，便可以長海草！

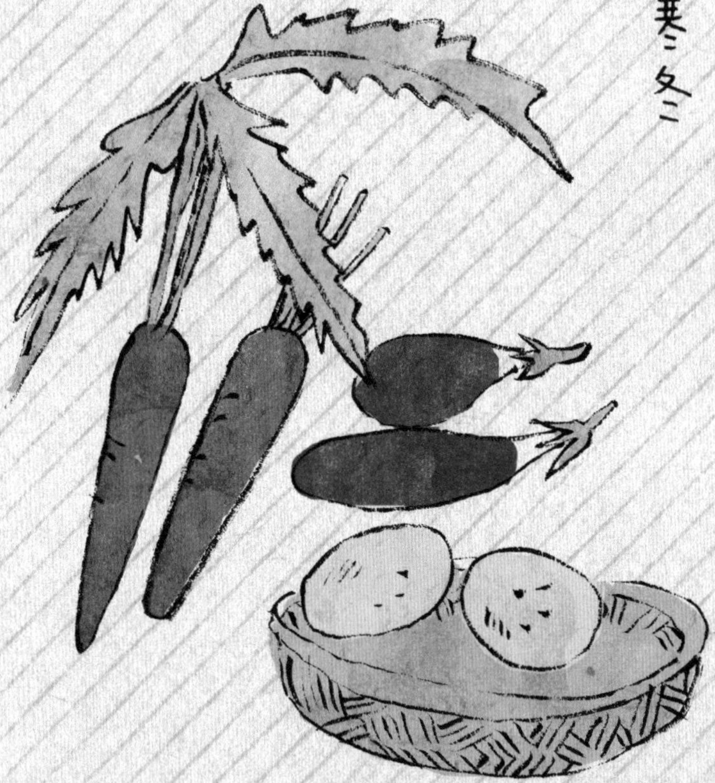

突然寒冬

冬天突然就來了。

十二月初溫度還高達25°C，一股強烈冬季季候風殺到，最低溫降至9.6°C，然而才幾天季候風緩和了，日間氣溫又再上升到20°C以上，簡直過山車一樣。整個冬天都驟熱驟冷，一月中旬溫暖如春，但到了春節卻是一九九六年以來最低溫度，人人冷得不願出門拜年。

氣候變化更極端了。美國國家海洋暨大氣總署（NOAA）指二零一零年美國有史以來經歷了十四件極端天氣事件，每一個至少造成十億美元損失。德國慕尼黑再保險公司（Munich Re）亦指全球自然災害造成的經濟損失，是全球有紀錄以來最高的。

香港農耕這幾年，彷彿小陽春，各式各樣背景的香港人，拿起了鋤頭，有的想得好大，希望改變社會，有些只是卑微地換取一口飯，可是在愈來愈極端的天氣下，種什麼都不容易。

舊時馬屎埔

阿泉記得很清楚：來到香港那天，是大年初六。

年初四從鄉下番禺出發，那時坐火車到深圳有二十多個站，起碼要五、六個小時，來到深圳天黑了，人們就睡在火車底下。他看見附近的客棧，就提著燈籠走過去，房租要五、六塊，可是進房一看，全是一格格床位，一張床起碼三層。勉強睡了一覺，清晨起來：「老闆，哪裡有水洗臉？」

「去河邊啦！」老闆答。

還說是客棧呢，阿泉心裡嘀嘀咕咕，走出去一看，髒得像坑渠！

不洗了，直接就走去關口。早上八點剛到開放時間，已經人山人海，根本沒可能擠到火車站買票，當下決定走路到香港。原來走路亦好快，兩個鐘頭便到。

舊時過年初一到初八都做大戲，初一在鄉下看了開場，到了香港戲還沒完呢。抵港第四日，香港政府就宣布封鎖邊境。

那是一九五零年。

他廿一歲。

阿泉的姑丈在粉嶺馬屎埔開農場，意外被扣在內地回不來，阿泉就去幫忙。他從來沒有種過田，僅僅唸過小學，但很快便得心應手：「我嘅仔嚟嗰，但已經係number one，

泉叔牆上都是到外國考察的相片，非常威水。

三、四十歲的工人都要聽我話。」

一年後，阿泉租地耕田，不再打工，由二、三斗地（一斗大約七千平方呎）開始，一直租到後來六斗地。元朗上水差不多都給幾大原居民家族瓜分了，粉嶺相對較少原居民，也就吸引大量新移民。人多田少，菜田密密麻麻地，文獻形容「粉嶺地區為全世界耕種活動最密集的地方」。勞動力不值錢，男工一日三塊錢、女工一日一塊半，長工五十塊包吃包住，阿泉專請女散工：「女工聽話，人工又平，田裡要做什麼，就請什麼人，那些女工一叫就到！」

有田有工人，阿泉年少有為，自然有大姑娘垂青。有女孩子追足他兩年，他卻連拖手也不肯。

廿四歲，也是過年，對面嬸嬸喊他：「初二來我家啦，我介紹女仔你認識，是隔離村租我老爺塊田養豬的。」他去到，女孩正好不在，住隔壁的馬上趁機說：「來看看我女兒吧。」

一見，鍾情！

四月便結婚，人們抬著禮餅到女家，經過追阿泉的女孩家，她媽媽一盆冷水潑向女兒的頭：「你個死女！人哋過大禮！你放過人哋？潑醒你！」

「阿媽，我哋又無嘢。」女兒委屈。

「兩年！無嘢?!」阿媽不信。

「我自己知啦，人哋唔鍾意我就算啦。」

泉嫂就坐在對面，阿泉也不擔心她不高興，說得興高采烈繪聲繪影。他今年八十三歲，談起往事一臉自豪，他的泉記農場響噹噹：酒樓買手都以買到他的菜為榮，蔬菜送到市場還沒搬下車，已經被訂走了。

「我種的菜，酒樓都爭著要。七幾年我每日出一百二十斤蔥，四間酒樓每間分配三十斤罷了，有天下雨，沒人開工，就摘少了，去到菜市場，買開的那個人又剛好走開，給另一個買手摘了那一大籮蔥的『牌仔』，就要買下來了。

買開的正好回來，兩個買手就吵起來：『我買開嗰！』『摘到牌仔就可以競投！』兩人互不相讓。

『六百！』

『八百！』

『一千！』

叫價一直去到二千四！那買開的說：『我老細怎樣都要泉記的蔥，三千蚊買番去，都會讚我！』對方才放棄。

嘩，不過四把蔥，一把十幾斤，五十幾斤蔥賣了二千四百元，破了市場記錄！」

泉叔還曾經是粉嶺蔬菜合作社的理事長，去過很多外國農場考察，台灣、美國、日本、法國……牆上都貼滿考察團的照片，還有在合作社長期服務的獎狀。

由番禺鄉間來到粉嶺馬屎埔，所有耕種技術都是自學的，失敗再試，失敗再試，慢慢就曉得啦，泉叔說來非常簡單。

除了蔥，他最耍家是種西芹，香港如今還有一些農夫種唐芹，但種西芹的少之又少，因為技術要求較高，不是很多人能種到。

「以前那些農夫種西芹，爛掉就一味罵老婆，他們灑了紅丸（一種化肥）和麩粉就澆水，肥料濺上菜莢當然便爛掉，我呢，晚上施肥，不要澆水，讓晨早的露水把紅丸結在一起，第二天澆水不會濺開，就不會『爛頭』。」他一口氣說：「不能種得太密，和前面一棵距離十四吋，和旁邊一棵就六吋。小心拔草，不要破壞西芹根部的微絲系統，就是那些幼根負責吸肥。澆水不能澆過頭，水足過頭，西芹就『爆頭』。」

如今有機耕種不用化肥，但除此以外好些技術都能用得著，泉叔並且再三強調西芹不能種得深，否則長不大。

有一年，泉叔跟合作社去台灣考察，期間香港打風，回來女工說：「今年無西芹賣囉。」一看西芹都倒在地上，根都露出來。他就對女工說：「我教你，在水坑拿一些泥上來，鋪在根上，但不要碰到莖，西芹一吸到水，一百棵有七十棵都活過來。後來因為根長得淺，長大打開又鬆又靚，份外大棵，女工都好開心，一斗地種出七十幾擔西芹，一擔賣到六百元，一共賣得四萬二千元！那時一斗地價也不過三萬元，嘩，好開心！」

那是新界菜的黃金年代，有市有價，泉叔靠種蔥、西芹可以養大三子三女，直到九十年代大陸菜湧進來，他才退下來。也有港人投資內地菜場，希望他進去打理，可是兒女都不想他辛苦。

一身好功夫，就如牆上的威水相片，蒙上灰塵。

根據一九六一年的人口統計，56% 的香港農夫都不在本地出生，是新移民撐起香港農業，但他們好些都只是租地。「那時如果買地就發達。」阿泉如同很多馬屎埔的非原居民農夫，都曾如此慨嘆。

有次機會來了：六十年代還沒有廉政公署，公務員隨便中飽私囊。村裡有人想買地，負責清拆僭建的「寮仔部」職員開價二千元，那人不肯，說認識人不用給。職員氣了就找阿泉：「你請我們吃一圍午飯，之後去理民府簽名，地就是你的了。」

「我當時說：『多謝了，但不是自己掙的錢，我不要。』現在老給太太罵：『全世界最蠢你了！』當年一圍午飯頂多一百幾十塊，那地現在值千萬元！」

城市步步逼近，糧食只能耗費更多能源從遠處運來？

今日馬寶寶

從泉叔的家繞幾個彎，就到了區流根的田。

「妹哥，有芹菜嗎？」這裡人人都叫他的小名「妹哥」。

「無囉，我轉咗『家庭式』經營，無咁多菜出。」妹哥答。

以前一到新年，妹哥就在田裡忙著割芹菜，熟客年廿九已經落訂，新年一開市，送去街市一下子就給商販搶光，賣完又割，賣完又割，一天可以賣幾百斤。

但這年冬天，妹哥嘗試改用有機耕種方法種植。

粉嶺馬屎埔近年成為捍衛本地農業的焦點：一九九八年董建華出任特首時，政府計劃連同這帶與古洞北、坪輋地區，規劃成新界東北「三合一」新發展區，由於經濟放緩，二零零三年計劃擱置，二零零七年特首曾蔭權宣布籌建新發展區，作為促進香港繁榮經濟的十項重大基建工程之一，馬屎埔可以成為「河畔市鎮」，提供過萬住宅單位，當中包括公屋。規劃方案還在諮詢公眾，地產商卻早在九十年代開始購買村裡的土地，陸續拆掉房子，村裡環境日漸凋零，但好些居民仍然可以繼續租田種菜。

承接二零零九年反高鐵的社會運動，由年青學者成立的新界東北關注組呼籲保育鄉村，開始不斷在馬屎埔舉辦導賞團。更多年青人到來，並且成立「馬寶寶社區農場」，定

區流根的女兒區晞旻一同捍衛馬屎埔的農耕生活。

期舉辦農墟、耕種班、工作坊、音樂會等等。政府把新界東北發展區的公眾諮詢期一再延遲，地產商急急清拆更多房屋、甚至嘗試收回土地不讓村民種田。

此時此刻，妹哥默默地繼續種菜，已經是一種抗爭。他的女兒辭去中環文職工作，全時間帶大「馬寶寶」，兒子也跟著下田，開始學種菜。區家在馬屎埔，由爺爺嫲嫲開始，耕田超過三十年。

「有機，好吖，如果不用化學的東西，農作物也可以大，都好吖。」妹哥說得很簡單，實際轉為有機耕種，工夫多了：不用農藥，田地就不可以種植單一作物，而要採取輪種及多元品種，減少蟲害。

他今年冬天也種唐芹，以前一整幅地都是，如今只種一列，田裡其他地方種了十幾種其他農作物。

每種作物的種法不同，再者有些

正在發芽要淋多一些水，有些正要收成要淋少一點，兼顧的事情多了。還要不時去粉嶺市區找廚餘回來堆肥：豆漿店的豆渣、茶餐廳的茶葉渣、蛋殼、街市的魚碎等等。「現在不用花錢買肥料，不過要時間出去收。」妹哥說：「茶葉渣加蛋殼，效果麻麻地，豆渣加乾草就好好，泥土多了微生物，變得很鬆軟。」

比起化肥的效果如何？

他有點猶豫：「化肥直接一點……也不知道是否近來天氣冷。」

總括來說，他覺得有機耕種「不算辛苦，但煩」。可是夫婦倆不用再天天凌晨兩點去粉嶺天光墟的副食物市場賣菜給商販，而是直接在馬屎埔農墟售賣，賺到每天的睡眠時間。

妹哥還很有心機地在唐芹四周圍上報紙，原來曬不到陽光，芹菜的顏色比較白淨，在農夫眼中，也就漂亮一點。

他的菜，一直很受街市商販歡迎，其中原因就是出菜的「手工」好，黃葉老莢都摘走了，拿出來便可以直接擺出來賣，可是現在種有機菜，卻被人「嫌棄」——有客人嫌他的菜太靚，不像有機菜，寧願選擇難看一點的。

真是啼笑皆非！有機種植不用化肥和農藥，可是大部份傳統種植技術都可以繼續，妹哥自小從父親學到種田，技術當然勝過近年新入行的農夫。再者香港有機種植發展也超過十年，農夫會進步，有機菜不一定長得醜。

妹哥也試過被人質疑：「你的菜有機？都無認證！」可是香港有好些有機農夫都沒有申請認證，甚至反對認證的制度：一些用化學方法提煉的所謂「天然」肥料和農藥，亦可以取得有機認證，反而用廚餘堆肥，可能會影響取得認證。外國很多「有機」農場是用工廠式運作，並不符合有機耕種原本提倡尊重自然的精神，相反一些小農場，無法每年支付認證費用。再者，有機種耕的定義可以很闊，台灣最先推行有機認證制度，已有三個不同農耕理念的組織可以發放有機認證，現在更多達十數個組織，香港，就是獨家的有機資源中心，負責人來自大學生物系，被好些農夫批評不明白實際農間操作。

與其跟著認證買菜，不如認識你的農夫。逢周三和周日到馬屎埔農墟，都會看見妹哥的女兒在忙，妹哥和兒子偶然閒坐休息。

馬屎埔農墟其實也是妹哥媽媽老家的園子，如果有機會進家裡，會在牆上看到妹哥的結婚照：男的朱古力似的，女的可是白雪雪。

妹哥的太太本來是車衣女工，嫁到馬屎埔，最初還去粉嶺的山寨廠上班，生了孩子，就留在家裡，有時也跟著丈夫下田。

「唏，初初懶醒，恃住自己後生，結果就曬傷皮膚，沒幾年就又黑又老！」她扮作生氣的樣子，可是她很快便喜歡鄉村的生活。工廠妹走來耕田，眼中處處都是新奇：井水原來冬暖夏涼，冬天水暖會冒煙，洗衫煮飯都不怕冷；夏天涼浸浸的，最好用來冰西瓜。

馬屎埔之前有一條小溪，妹哥記得好多小魚，水好清；太太嫁過來，小溪已經因為起沙頭角公路被填平，居民要掘井；到孩子長大，因為整治梧桐河，水位被拉低，井水也漸漸沒有了。

好在區家裡還有小水池，耕田累了，太太最愛便是看池裡的孔雀魚游來游去。這樣安靜美好的生活，可以繼續嗎？她全力支持丈夫子女。

種菜一年

「老實說，耕田可以維生嗎？」我問二十七歲的農夫俊彥。

他今天正好種粟米。

去年七月他第一次在馬寶寶社區農場種的，就是粟米，在有機種植的世界裡，粟米有莖有葉，收成後可以割下來原地堆肥，很適合開田後用來堆肥改善土質。俊彥也覺得粟米生長速度比綠葉菜慢，有時間學習。他特地選了傳統的糯米粟和超甜粟。

用街市收集來的魚碎肥水施肥，粟米苗長得好壯，八月已經高過半腰。九月超甜粟像是和糯米粟比賽似地，鬥長得高，開了滿穗的花——突然連場大雨。因為雨水無法授粉，很多粟米沒有結果，可是由於種得多，居然有近三百斤收成，身邊朋友都得大力幫襯，數以十支地買回家。

第二次下種，就學乖了，俊彥計劃種一百多斤粟米，意外繼續有來：超甜粟和糯米粟種得太近，授粉時混了花粉，糯米粟沒影響，超甜粟卻都長出了糯米粟！超甜粟比較好賣，所以今次，仍然滯銷。

今天第三次下種，只種超甜粟。

「本來覺得糯米粟是傳統的品種，村裡的老人也都愛吃，所以一直種，但市場上，還是超甜粟比較受歡迎。」他開始面對市場。

一批又一批的年青人，去馬寶寶農場學習務農。

傳統的糯米粟，始終不及時興的超甜粟米受歡迎。

俊彥之前一直當文職，這幾年由保衛皇后到反高鐵，積極投入社會運動，我們都愛叫他「大隻佬」，平時很溫和，開口論政便滔滔不絕，不時爭辯得臉紅耳赤。去年同伴們去菜園村耕田，他並沒有參加，轉個頭毅然辭掉工作，到馬屎埔和二十一歲的胡寶兒一起開墾三斗地（大約二萬一千呎）。

從來都是城市人，俊彥沒有試過每一天都得早早起床；但也沒嚐過，自己種的菜如此好味道。耕田有時好悶，重重複複，又不停犯錯，早了遲了種子都可以不發芽；然而這是他人生第一次，領略「擁有」的滋味：「在辦公室打工，我不覺那裡有什麼是屬於自己的，但這塊田，是我的。這是好大件事，原來有些長輩的說話是對的，做事要有交代，凡事都應該想多幾步。」

俊彥自覺脾氣也好了。

但耕田收入，沒法養活自己。

最最最豐收的一個月，俊彥和寶兒也不過各自分得三千元，這點錢，生活費也不夠，遑論成家立室。俊彥計算過，就算掌握了耕種技術，眼前的三斗地，在冷天蔬菜當造時，頂多月入分得四千元。

俊彥嘗試樂觀：「香港會有反彈，重新檢視土地用途、有機菜可以突破傳統常規菜的銷售模式、社區可以支持農業……」

也曾寫過青年耕種潮，然而這一年來認真看其收成，不敢一味唱好。以俊彥這新手農夫為例，如果耕種技術和體力足以一個人耕三斗地，最高收入的月份就可以有八千元，要令八千元成為每月平均收入，起碼要五斗地。就算幸運地租到適宜耕種的土地，很難不請幫工，但請了工人，收入又沒了。另一個選擇是加裝澆水系統等設施，但一旦地主收回土地，所有基建投資都泡湯。

穩定的農耕土地是關鍵。

堅持一年後，俊彥還是決定放棄，胡寶兒比他更早便離開了。可是馬寶寶社區農場的耕種班一直在舉行，鋤頭又交到別的年青人手裡。

高鐵撞瓜

徐達偉（阿徐）站在網屋裡，樣子還苦過苦瓜。

一地都是爛西瓜，藤蔓都枯乾了，泥土裂開如深深的皺紋。此刻很難想像六年來他是本地農夫中，最懂得種瓜果，農場名字就叫做「頂呱瓜」，種出來的有機西瓜、蜜瓜、哈密瓜售價一個過百元，在有機農墟還是馬上被搶光。飲食雜誌的讀者大概也不會陌生，每次介紹本地產有機水果，都會見到阿徐抱著當造的瓜，開心如傻瓜。

因為起高鐵，阿徐在元朗錦上路杜屋村的農場，過半面積會被徵用興建馬路，讓工程車經過，剩下的農地，也會受到工程灰塵影響。農場六斗地（大約四萬三千呎），只剩下一個籃球場般大小可以繼續耕種。

「這次唔慌唔「瓜」（完蛋）！」阿徐好沮喪。

高鐵要經過的消息，阿徐和拍檔強哥去年一早知道，人們反高鐵、撐菜園村，阿徐都沒有參加，一心跟政府合作，等候賠償，然後找地搬農場。

在香港找農地不容易，兩人四處找，地主都不歡迎。種田，能收多少租金？比不上貨櫃場，更遠遠低過地產商。西瓜、蜜瓜一定要種在溫室，別說基建成本幾乎都是白白付出，最初一、兩年還不一定有收成。阿徐非常緊張政府的賠償，能賠多少？足夠重頭來過嗎？

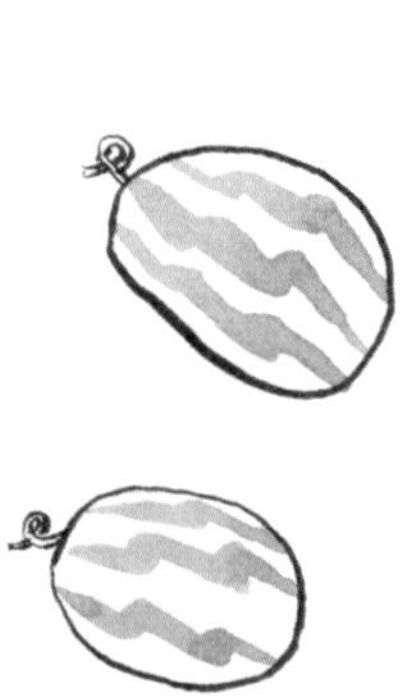

頂呱瓜農場出產的有機迷你西瓜，曾經在農墟大受歡迎。

他今年四十歲了。

剛好十年前，他由地盤工人轉行做農夫：「香港停建居屋、公屋之後，市道好差！有汗出，無糧出！」強哥是他的姐夫，家裡曾經在錦田種稻米，現在還有一幅小小的地，窄窄彎彎，不能蓋房子。強哥做了二十多年巴士司機，當年公司鼓勵提早退休，把心一橫，回家種田。阿徐也決定來幫忙。

香港種米，價格也沒可能和泰國米競爭。阿徐和強哥第一年種菜，接著種了四年花卉：劍蘭、百合等，然而都是收入不穩，投入的資金，就像把鹽撒進水裡去。

第五年，漁護署大力鼓吹本地農夫種植西瓜、哈密瓜高價水果。當時是二零零五年，漁護署農業主任大力推銷，在報章刊登的訪問裡指出：以政府大龍實驗農場的溫室產量計算，一個農夫每畝田（43,560呎）純利三萬六千元，一年三造，純利高達十萬八千元。

一年賺十萬！登時吸引不少農夫種蜜瓜。

阿徐是其中一位。「蜜瓜怎可能有三造？第二造產量和質素已經差很遠！」阿徐搖搖頭：「就算賺到錢，轉頭又要用來起基建。」蜜瓜原產地都是印度、新疆等酷熱乾燥的地方，在香港這濕熱環境，一定要蓋密封的防雨棚，並且架鐵架。投資大、風險高，棚屋裡熱得像焗桑拿，又要逐朵雄花摘下來，幫每朵雌花授粉，阿徐說有一年眼看蜜瓜快要成熟，突然一場豪雨，所有心血都泡湯；又有一年打風，幾萬塊搭建的雨棚一整列報銷，但他還是堅持，因為到底是自己生意，不用打工受氣。

二零零九年同一位農業主任又出來推銷，除了其他品種的蜜瓜，還有迷你有機西瓜。報章又再引述他報道：一斗地（7,260呎）可種三百三十棵西瓜藤，每造約有一千五百公斤的西瓜收成。以蔬菜統營署的回購價（西瓜：十六元／公斤；蜜瓜：廿四元／公斤）計算，扣減種子及肥料費三千八百元，不包括工人薪金及防雨棚建造費，估計農夫每造收益約為兩萬元。

西瓜、蜜瓜盛產就是一造，整個春夏天扣除了工人薪金和防雨棚，農夫手上的兩萬元究竟還剩多少？

阿徐仍然繼續，而且還是被官員選中，捧著西瓜、蜜瓜給記者拍照。

但他坦言：「受了好多教訓，政府實驗農場真是做『實驗』的！就算種得出，供應量多亦會大跌價，對策是：一是搶頭啖湯，以後都不再種；一是種少少當交數，漁護署也好交數——人人都在做後者。」阿徐自行種植台灣品種的瓜果，行內農夫都愛向他請教。

最好收成的一年阿徐一共種得出四十七個台灣鳳仙蜜瓜及一百一十五個台灣銀輝蜜瓜。數得清清楚楚，因為每一個瓜，都是汗水種出來的，這一年，有的農夫才種出四個蜜瓜。

當時幾份報紙登了阿徐捧著蜜瓜的照片，圖解寫著：「滿面笑容的徐達偉，非常滿足於望『瓜』打掛的『傻瓜』生活。」

二零一零年十一月十四日，報紙刊登的，卻是他和菜園村的村民一起躺在馬路上，抗議高鐵工程摧毀農地。

變臉變得真快，二零一零年漁護署的官員到「頂呱瓜」農場，逐棵農作物計算。因為起高鐵，需要暫時徵用農地讓工程車經過，由於預計只用五年，僅僅發放「特惠津貼」。

阿徐一看見那文件，氣瘋了——

西瓜：面積686呎、產量30PCL/D.C、單位價$400PCL、特惠津貼$1133.88。

整個雨棚的瓜，只賠一千多元？「我完全不知道他們怎計出來的，這是有機的農作物！所有基建都不算錢？」阿徐氣到極點，卻是苦笑著當笑話講：「暫時徵用？怎知道五年後業主會否租給我？新農場落腳了又怎有錢再搬？」

向漁護署查詢，原來那英文單位PCL是指一擔（即六十公斤）、D.C是一斗地（大約七千平方呎），津貼只計算了一造西瓜的產量，單位價若按農業主任二零零九年估計，應是九百六十元，產量比向來官方估計少了三分一、價錢也少了一大半、而雨棚、水喉等基建全部不賠。

漁護署回應的文件寫道：「農作物的市價是根據批發市場、全港農場、市場調查所得的價格資料，並由漁護署不時檢討。有機耕作涉及的品種繁多，生產數據亦和傳統耕作有別，因此暫時未能訂定全面的特惠津貼率，漁護署已特別進行市場調查及參考外國資料，例如粟米產量的根據，可參閱Lewis W. Jett, Growing Sweet Corn in Missouri University of Missouri Extension。」

雨棚裡，一地都是爛西瓜。

阿徐天天都去了中環，和菜園村的居民一同抗議。

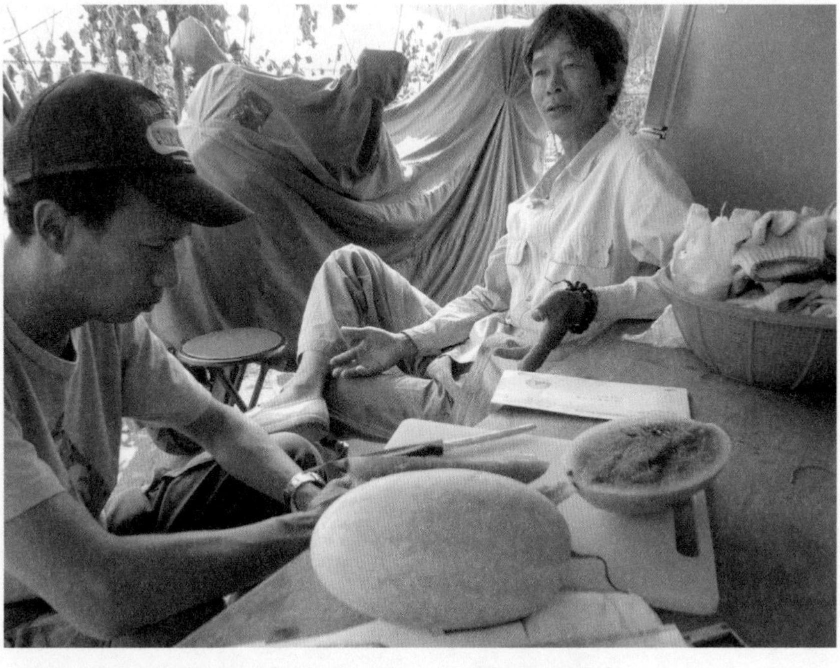

阿徐(左)和強哥(右)眼見心血泡湯,都很沮喪。自從農場土地被徵用後,
他們一直沒法再重頭開始。

恐龍坑 無花果

「有些拿到賠償，買股票也蝕好多，那開農場，也不算怎樣……」吳炳良輕輕說。眼前是恐龍坑二十萬呎地的大農場，我很少見本地農場肯如此落本，一座座大型溫室，還裝了抽氣扇、遮光布等等。

曾經，這裡有一萬頭豬。

吳炳良的父親是豬農，最先在東九龍安達臣道養豬，後來山泥傾瀉，三十多年前搬到粉嶺恐龍坑。七、八十年代政府生怕本地糧食供應不足，非常鼓勵養豬種菜，只是隨著內地開放，本地產不如做地產，加上衛生要求增加，一條條防止污染的規例令本地養殖業經營不易，吳爸爸好勇，九十年代立法局審議有關法例時，帶同大量豬屎去示威，把中環薰得臭氣衝天，成桶豬屎潑向警察！

撐到二零零七年，終於放棄。這年全港二百六十五個豬場，二百四十四個參與自願退還牌照計劃。

吳家豬場是官地，每呎地也賠一百四十元，交還牌照的賠償數以千萬，吳炳良卻不捨得父親的心血，毅然投資改建成有機農場，六兄弟姐妹，就他和一個妹妹留下來打理。他指著地下：「這片地，完全是老竇開墾的，鑿平、鋪水泥，全部一手一腳。如果還給政府，就沒有了。」吳炳良的媽媽還住在這裡，爸爸剛剛離世。

溫室都由昔日的豬棚改建，額外寬闊。

吳炳良特地選黃色的無花果，覺得比紫色的清甜。

問吳炳良農場是幾多斗地？他搖搖頭，不知道。

種的菜心是什麼品種？他叫工人來解說。

可是一走進溫室，眼睛就發光：一棵棵的無花果，長得非常茁莊，長出了好多果實！摘一粒，黃澄澄地又軟又甜，好好吃！

「已經沒有之前咁『正』！上個星期長的，像雞蛋那樣大！成八十克一粒，一千克才十二粒！」吳炳良登時變得雀躍，話也多起來：「我種了兩年，去年還沒有什麼收成，這一年，好多！聽說第三年會更多！紫色品種是土耳其的，沒有黃色的清香，所以我揀黃色。樹苗從漁護署買回來時，只有到小腿那樣高，我看書、猜著嘗試，這裡留三、四條樹枝、這裡要剪走，舊枝長出來的，最大粒、最好吃。不過剛剛去了新加坡幾天，就差了……」他拿出手機打電話：「無花果怎麼細了？再幫我加肥啦。」

這無花果主要供應給本地的西餐廳做沙律，一千克賣一百五十元。吳炳良希望農場可以走高檔路線，專種無花果、迷你西瓜、新奇品種的番茄等，一些要在溫室才可以栽種的蔬果。他覺得香港人漸漸也少在家煮飯，買水果多過買菜。

農場目前已經投資了三百萬，「我喜歡這個環境，想在這裡十幾二十年。」他說。可是恐龍坑不是已經給劃作綜合發展及住宅區，要興建低密度住宅嗎？「還在諮詢，政府公佈那一刻，也曾經有猶豫，但成事才算吧。」他說：「或者到時種得好，那些住戶也可以來參觀？」真大膽，農場目前是每季向政府租地！

吳炳良曾經在法國學攝影，九七回歸前，還當過傳訊電視的新聞攝影師，九九年香港傳訊電視結業，才開始打理豬場。

吳炳良現在除了和多間西餐廳合作，還提供高價的直銷送菜服務。

重生果醋

紀經城經歷了所有傳媒人的噩夢：辦雜誌、趕死線，在最最最忙的一刻，突然——無法呼吸！

原來心臟病發，馬上開刀做手術，好不容易才從死門關逃出來，再看看一手創辦的雜誌，不禁想：賺到錢，賠上命，值得嗎？

不值得！

他決定全職耕田。

阿紀家裡種菜，但小時很討厭：「要下田，就沒時間讀書，成績差自然抱怨。」十八歲去法國唸設計，二十三歲回港，隨即搬出市區工作。六年前心臟病發後，入讀香港有機農業入門基礎課程（HOFA），並與同學一起租地開農場。只是人多事情煩，去年阿紀決定賣掉房子，搬回老家。他今年四十八歲。

三十年，一彈指，老家有三萬呎地，阿紀裝修好母親屋子旁邊的破舊農舍，然後開始種果樹：桑樹、香蕉……家裡不種菜後，已經種了過百棵荔枝、龍眼、黃皮，阿紀把農場起名「有機果園」。

「在香港種菜，十個農夫九個死，很難。」阿紀想種本地有機水果，說的可不是漁護

阿紀回老家種田，媽媽額外地高興，天天都在田裡幫忙。

很多農場都有種洛神花，唯獨阿紀最專心開發洛神花醋等副產品。

署推介的迷你西瓜、無花果等高級溫室外地水果，而是本地粗生品種。關鍵是一個字：醋。他計劃把各式各樣有機水果，造成果醋。

故事有點轉折：阿紀上網，無意看到台灣某有機芽菜廠師傅要退休，徵收徒弟，馬上飛過去，師傅已經找到繼任人，但見他的誠意，還是傾力教授。阿紀學了十多二十種豆子的發芽技術，正想帶回香港，臨走前兩天，卻在書店讀到《果然有好醋》，其中一篇提及台灣造醋奇人賴鴻文。

阿紀膽粗粗打電話，賴鴻文很爽快地請他到台中的工廠，阿紀便跳上車。兩人一見如故，非常投契。賴鴻文把其品牌「杜康行」的香港代理權，連同一批醋給阿紀，除了可以銷後才付款，最重要是有機米醋可以作為「醋底」，浸泡農場的產品。

阿紀除了打理果園，還在西貢、太子花墟的跳蚤市場有小檔出售有機果醋：「醋是化學的東西，愈飲愈傷身，但天然發酵的醋，含有酵素，可以排毒。」他也曾想過自己釀醋，可是香港太濕太多菌，容易變，暫時還是用賴鴻文的有機米醋做「醋底」。本地很多水果都可以釀醋，例如桑子醋顏色漂亮又好喝，香蕉醋更是近年大紅的減肥秘方。如今正在賣的，是去年秋天收成及釀製的「洛神花醋」。

釀果醋要用糖，他更打算大量種植甘蔗，那就可以用自家種植的有機甘蔗製糖，免去外間的雜質和化學工序。

阿紀的獨女剛去了愛爾蘭唸中六，他說女兒的同學為了考大學，如今已經是睡三、四個小時，讀書讀到頭痛，但她在外國很開心。「女兒以前在香港會有女性周期痛，痛到要吃藥，但現在告訴我：『居然M都唔痛，真係開心！』好開心!!」整個下午，阿紀這句「好開心！」最激動，談一切大計時聲調都沒這樣高。

他語重心長地回應：「有沒有任何東西，值得丟掉性命？」

山城香蕉

我在香港耕田——
她一說，鄉下的人們就笑了：香港？咁辛苦？
無辦法。無辦法。
她重複唸了兩遍。

八十年代從貴州來香港，先是在堂姐的豬肉檔幫手，因為堂姐認識人，在大霧山上買了一列幾間「牌仔屋」（臨時牌照的寮屋），才五萬元。
「好便宜！」我衝口而出。
「整間爛屋，自己裝修都用了十多二十萬！」她白我一眼。
那是五、六十年代戰後難民湧來香港時蓋的木屋，捱出頭了，又輪到開放後的新移民接手。她接收的，除了屋，還有田，陸陸續續租下成片山頭，開始種果樹。最高的山坡，種了過百棵荔枝龍眼，還特地買來石峽龍眼、桂味荔枝的插枝，一棵棵接枝。較低的山坡，全部種香蕉，都數不清多少棵了。丈夫還養蜜蜂，四十多箱生產好多蜂蜜。
天天從牌仔屋爬石級上山坡打理果園，然後落石級把生果挑到村口，上上落落全是斑駁的小石級，幾乎每一級都是左崩右裂的，一不小心便跌倒。到了村口，還要越過馬路，再抄小路到達山腳，穿過一個個大商場，才到市中心的街市。其實路程不遠，只是在城市規劃裡，壓根兒沒想過要方便山上的居民走下來。

兩夫婦日捱夜捱，鄉下卻傳來噩耗：女兒撞車！

她馬上回鄉，終於把女兒接來香港，卻不能走路了。

然後，丈夫中風，雖然病情只是輕微，但也沒法再爬山路。

幸好申請到公屋，都搬到山下。每天她做完了家務，便爬上山打理整片果園，挑著三、四十斤香蕉去街市外賣，賣光也沒有二百元。

「還要走鬼，拉到又要罰錢。」她喃喃自語：「我五十九歲了，以後有沒有七、八十歲還不知道……」四周的蜜蜂好忙，丈夫不能上來，蜂蜜生意都擱下，任由蜜蜂自出自入。

但只要兩條腿還能爬上山，她仍會堅持：「辛苦唔緊要，這麼多果樹，好浪費。」

「還好果樹不用多打理。」我說。

「果樹有得賠！」她突然說。

村子旁邊已經起了豪宅，廣告大賣是「半山區」，大家都猜地產商會否把這條村子也收去起第二期豪宅。牌仔屋無得賠，所在的是官地，也無得賠，唯獨是果樹，會一棵棵計錢！

「幾多錢我唔知，但行一步做一步，唔想咁多。」她正盤算，挖一些奶蕉苗來種。

難怪村子裡裡外外都是果樹，連荒廢了的山坡，也是一片蕉林。

別的農夫談起，才知道種香蕉對土地影響很大，香蕉的根深而霸道，很難完全切掉，斬了，又再生，不斷繁殖，地下變得都是坑洞，很難再種別的農作物。

在田地種蕉，原來是最後一步。

香蕉果實喜歡朝天，但果軸卻朝地伸長，於是香蕉便變彎了。

蘋果熟到裂衣

Doris還記得那一口蘋果：「好甜、好爽，不會有渣，但又不是輕飄飄的吃了好像沒有吃，真的好好味！」

無論後來在日本其他農場、或者回到香港光顧日式超市，再也買不到這樣好吃的蘋果。

一年多前的秋天，Doris參加WWOOF（World Wide Opportunities on Organic Farms）計劃，去了日本長野縣安曇野市的果園工作，原本希望在農場工作十八日，賺到食宿，還可有路費繼續玩十日。想不到待在農場的日子，反而比旅行更開心。「在旅遊區不過是由一個景點，去到另一個景點，夜裡獨個兒回旅舍，悶到想回家。」Doris扁嘴，隨即兩眼發亮：「可是在農場便不同了，好多朋友，日本城市裡的大學生、加拿大的女孩，還有跟我一樣的香港人，每天做完工，就在農場唱歌玩樂器，好熱鬧！」

現在城市人迷信一日一蘋果，可是蘋果樹只能在溫帶種植，並且在秋天結果，收成後要低溫保鮮，再運到全球各地。Doris工作的農場種了各式各樣的蘋果，紅的、粉紅的、黃的……來自各地的年青人，一起爬上梯子，把樹上的蘋果摘下來，然後再分類裝箱。

Doris最愛吃的，就是金黃的Shinano Glod，在樹上熟到裂開，不能賣了，摘下來直接就放嘴巴，好好吃！她看見裂開的，又摘下來，放到衣袋裡留作明天早餐吃，加拿大

的女孩後來一見Doris，就笑著大嚷：Shinano！

去年秋天，Doris就和一班朋友嘗試在粉嶺一個秘密地方種「水果樹林」，小小一塊地，會種上二十多種果樹，希望一、兩年後，每年不同月份，都可以有大量不同的水果收成。

香港屬亞熱帶，不適合種蘋果樹，可是本地能種的水果種類，多得驚人，除了新界常見的荔枝、龍眼、楊桃、香蕉，還有青梅、青棗、無花果、桑子、沙梨、橙、桔、柑、金桔、南華李、檸檬、菠蘿、青檸、百香果、奇異果、羅漢果，甚至牛油果——Doris「水果樹林」第一棵種的，就是可以長到幾層樓高的牛油果。

《青苗上河圖》的作者之一Kit Pang曾經估計過，在香港荒廢農地種果樹，所得價值一點也不能小看：

香港雖然有5%的土地是規劃作農地，但五千一百公頃的農地中，只有15%仍然生產蔬菜水果花卉等，其餘85%的農地都是荒廢。種果樹，需要的人手較少，也不必天天打理，如果把荒廢的農地都種果樹，假設荔枝三磅可賣二十元，單是水果產值已經超過一百三十萬元。

如果進取一點，像Doris和朋友一樣，挑選不同高低的果樹，在同一塊荒地上種植多層果樹，種植的果樹數目大增近二百倍，產值收益高達二億二千萬元！如果再厲害一點，仿傚外國的商業果園，只種一種水果小心打理，產量可以達到四億四千萬元！！

到時香港可能也像日本一樣，果園提供住宿，吸引世界各地的年青人來摘水果。

Doris 如今仍念念不忘日本長野縣安曇野市的蘋果園。

天冷菠菜

玲姐特地撿牛糞，泡了水再做施肥。

玲姐曾經在有機農場打過工，不喜歡。

「你唔好理我點種，我種得出，你有得食。」她自信滿滿地，寧可去私人地方種菜，那老細在西貢有幾個漁塘，一度改作釣魚場，去年改為農場種有機菜，不賣，只是家裡吃，送給親朋好友。

放眼就是大海，漁塘的堤壩一列長長的花槽，全部迎著海風，竟然也長著胖嘟嘟的白蘿蔔。近著小山坡的一角，玲姐拿著鎚仔敲牛糞。西貢好多牛，山邊都是牛糞，玲姐特地拾回來，敲碎，加水，再用帆布蓋著。

「再加一些骨粉，就好夠肥！」她說。

常用來施肥的家畜糞便中，豬屎含有重金屬；雞屎因為包括尿液，阿摩尼亞較重；牛因為經過四個胃消化，效果類近堆肥，很受農夫歡迎。亦有農夫喜歡羊糞，因為咬得較仔細，相對少雜草會長出來。

牛糞加水，發酵，便是很好的基肥，玲姐會先鋪一層，再加上泥土，就可以下種。釣魚場沒有掘出魚塘泥，種菜用的都是附近的黃砂，是玲姐好心機，慢慢把泥土養肥。小山坡開闢了幾間網屋，種了各式各樣的蔬菜，還包括了菠菜。

菠菜在唐代從波斯傳到中國，當時那地區被稱為西域菠薐國，所以被稱為「菠薐菜」，再簡化成「菠菜」。

馬振興種子店的輝哥說，已經很少本地農夫種菠菜。以前新界種的是佛山的傳統品種，有尖殼，由於菠菜長在大冷天，種子甚至要用濕布包起來，放在雪櫃裡雪一雪，休眠的種子才會「醒」過來。天一熱，菠菜會變黃，香港如今天氣不穩，愈來愈難種。而且病菌多，輝哥的菠菜種子如今由日本運來，紅色小圓粒，都是加了藥粉加強抗菌，有機耕種農夫不能用這種子，就更難種得出。

前年冬天在某有機農場見到的菠菜，又瘦又黃，當時還無知地問：「為什麼不種『紅頭菠菜』？」以為「紅頭菠菜」是一種品種，卻原來長得好，根莖自然變紅。

玲姐卻完全不覺得菠菜難種：「點會唔得？我種到五月都『紅頭』！」其中一個秘訣在於掌握灌溉的時間，有時一天兩次、有時不必，要懂得看泥土，看天。「看書學不到，理論我也不曉講，你叫我講我唔識講，你叫我做，我就識。」她說以前在有機農場，經常要和其他姐妹吵，什麼時候灌溉都有不同意見，老細叫淋水，不淋又不行，菜就長得不好。

她的耕種技術都是以前鄉下自學回來：「我和阿媽塊地什麼都種，會諗計仔，今次唔得下次就得。」例如蘿蔔，要「秧水」把整塊田浸水，保持一貫的濕度，時乾時濕就不行。

「好開心種菜，好鬼開心！好自由，沒壓力。」玲姐寧可拒絕其他有機農場聘請，獨個兒對著大海，慢慢開墾。

竹笙張開，苞子就隨之散開。

竹笙種在家

文哥笑瞇瞇地，拿出泡茶的工具，再把一包灰白麵團放在桌面：「這就是竹笙的菌種。」

竹笙是食用的真菌，原本寄生在枯竹的根部，我們常吃的，其實只是莖的部份。天沒亮，兩吋的小竹笙就會戴頂小帽冒出頭來，長到七、八吋散開雪白網狀的裙子，就是散發袍子繁殖下代，還沒到中午，已經漸漸衰敗，天開始暗下來，死亡是一灘黑水。

野生的竹笙很罕有，現在絕大部份食用的，都像文哥手上一包包由內地農業研究所提供的菌種人工培植，種在陰涼的棚架下，再像絲狀般開去。雖然是培植，人工仍然相當多，凌晨四點便要開始採摘，以免竹笙在田裡張開，影響食用價值，寧願摘下來在室內繼續長，然後快快用土窰烘乾。

在家裡如何種竹笙呢？「可以把菌種種在盆裡，最小兩呎乘一呎的盆子，就像兩個電腦鍵盤大吧，放在陰涼處，保持濕潤，就會長出來。」文哥說：「收成時每一天都會長出來，又鮮又脆，咬時沙沙聲的，我女兒小時，天天就是用新鮮竹笙煮粥。」

我在家試種，好神奇，五月埋在泥裡，八月開始長出像「電路版」的白色菌絲，然後突然冒出圓圓的泥球，再等幾天，耐心磨光開始不留神，便在大清晨忽爾長出來。文哥種得好，每天都有十幾顆，甚至二、三十顆竹笙長出來，收成期超過一個月，我這新手，也收了十來顆。

原來香港也有野生竹笙，文哥說在路邊見過，不過可能只是千分一的機會長出來，不足以食用。他覺得，還是來自內地研究所的菌種靠得住。「這是國家優待農民的政策，讓農民多種高產值的農作物。」他說。

文哥十多年前才來香港，背景有點特別——來自國內的「華僑農場」。六十年代大量華僑由馬來西亞、印尼、緬甸等地湧回祖國，年青的去唸書，年紀稍大的就去了專設的華僑農場，七十年代還有另一批華僑農場專門安置越南華人難民。今天國內仍然有八十四個華僑農場，最大的是海南島興隆華僑農場，第二大就是文哥父母當年由印尼回國，落腳的福建常山農場。

華僑農場的特點，是農民來自不同的東南亞國家，又一直保存原有的海外聯繫，帶來不同的種植經驗。文哥一身務農好功夫，就是在農場和學校學回來的。

秋涼時他還開過臘肉班、梅菜班、釀酒班；田裡除了各式各樣的蔬菜，還有大量香草，家門前，全部掛滿了蘭花，用酒樓蒸魚盤子種的石仙桃，終於也開花了，嬌小白色的一串，很是矜貴，抬頭一看，那幾盆蝴蝶蘭，卻鮮艷如假花。

文哥家的路邊，還特地種了一大棵曼陀羅，朵朵白色喇叭比人臉還大，一開就是過百朵，好有氣勢！

在自家園子裡種竹笙，種了好久都沒動靜，正以為失敗了，突然一個清晨，冒出好幾朵竹笙！

釘子香草

當年那三層高的村屋，是怎樣擋得住地產商？

巨型的會所屋苑，硬生生地給切去一邊角落，伶伶仃仃一棟村屋被包圍起來，村屋前的小塊土地，亦已屬於屋苑。昔日一個大地盤，連那小塊土地亦用來堆放建築雜物，村屋裡的人如何撐過去？如今屋苑高高建在停車場上，屏風似地擋住風和陽光。

屋苑管理處後來決定把這小塊土地，給住客耕田。

「那村屋業主企硬不賣，以為地產商一定會開更高價，誰知地產商竟然寧願起少一棟！」在這裡耕田的先生，望向村屋說，身邊太太卻道：「可能那村屋業主不能搬走，村屋裡曾經有孩子不斷丟玻璃瓶過來，可能是有問題的，需要留在熟悉的環境。」

那村屋前後被包抄，幾個單位現在又有美容院、又有住戶，顯得頗為雜亂。如果這真是釘子戶，意外造就的，就是那小塊耕地，雖然同樣被屋苑擋住太陽，這塊地，正好種日照要求較少的香草。

Ada和阿生本來在粉嶺租田種菜，剛好入住這屋苑，七年前應管理處邀請，擔起開闢和導師的工作，就算兩年前搬走了，每個月還會回來當義工。這天便在會所開香草工作坊。

「為什麼我種薄荷，總是死掉？」有太太一開始就問。

Ada想也不想便答：「照顧太好，落水太多！」絕大部份植物的死因，都是淋了太多水，積水亦會惹來蚊蟲。

好些人從超市買來一盆盆的香草，以為可以繼續種，但這些歐洲香草都經過長途運輸雪藏，已經沒有力氣重新適應香港亞熱帶的水土。由種子開始發芽，成功長大的機會大得多，亦可到嘉道理農場購買本地培苗的盆栽香草，價錢便宜快高長大，還是用有機方法種植的，可以安全食用。九月下種、十一月移植，冬天是香草長得最好的時間，直到四、五月，天氣一熱，雨水一多，除了薄荷，大部份的香草都會撐不住，需要移放到陰涼乾爽的位置。

香草用途好多。Ada這天便教大家做pesto醬：2杯新鮮九層塔、¼杯松子仁、½杯parmesan芝士、2瓣蒜頭、2匙黑醋、½杯橄欖油、少少鹽和胡椒，用攪拌機打勻便是。她會趁現在九層塔當造，減去松子仁和芝士，做多一些「底油」放在冰格保存，夏天也可拿兩粒出來，放在瓶子帶回公司，午餐塗在麵包上，到時再灑芝士焗。

又有三色菫啫喱：用透明的荔枝啫喱粉，先在杯子倒一半啫喱水，凝固後放一朵花，再放餘下的一半，把花收入啫喱裡，孩子愛死了。「街外買的盆栽哪裡敢吃，自己種的便放心。」Ada說畢，一眾太太都點頭。還有，把露絲瑪莉等放在絲襪裡，放在乾衣機與衣服一同烘乾；把香蜂草等放在網袋，掛在花灑前淋浴……種種實用點子，都是巧婦智慧。

Ada的屋苑在二零零三年沙士之前已讓住戶抽籤耕田，不少私人屋苑紛紛仿傚，康文署亦在翌年開始在二十個公園推行「社區園圃計劃」，讓市民在專人指導下，在公園種菜，租金四個月四百元。

這社區園圃除了可以種出糧食，也可建立關係，美國費城開始一項社區農業活動後，發現入屋行劫及盜竊案由每月約四十宗減至四宗；三藩市某社區園圃開始一年後，當地的罪案下降了28%。

根據綠田園基金的資料，全美國估計已經超過一萬個社區園圃，比五年前增加大約兩成。單單紐約市有超過七百五十個社區園圃，費城人口不足二百萬，有超過一千個社區園圃。

秋冬最宜種歐陸香草，圖中的蒔蘿長得極盛。

終於到菜心

「我想種菜心，」你說：「正氣啊。」

跟我來。

你以為是去買種子嗎？不，我們先去買鋤頭。

雙虎牌鋸鐮、雄雞牌鋤頭，這些農具的名牌子，聽都沒聽過，但你看那八齒耙，沒有牌子便當堂遜色。元朗的五金店原來都有得賣，鋤頭和棍子並且是分開賣的。因為鐵鋤頭會比棍子耐用，久不久，便要更換木棍。

從前惜物，買個瓦煲回來，都會浸水抹油、甚至煲一碗白粥，力求更耐用。鋤頭買回來，是要打理的：先把木棍浸水，膨脹後視乎鋤頭圈項的大小，用菜刀修窄前端，插入鋤頭後大力地向地下槌，鋤頭牢牢地套住木棍後，再在圈邊釘一根釘子，那鋤頭便穩了。

你拿著鋤頭，一臉尷尬：「哎呀，這怎麼用？」

鋤地，不用大力，而是要懂得用力。一隻手拿著鋤頭的末端，左或右手是視乎個人習慣，另一隻手伸直，也拿著鋤頭。前方的手伸直，後方的手一按，鋤頭便會抬起，鋤頭落地，雙手順勢一拉，用槓桿原理便把泥土翻起來了。一按、一落、一拉……八十多歲的老人還能開田，就是因為懂得用力。

雄雞牌鋤頭，堅過法國 le coq sportif。

「可是泥巴都向腳邊堆過來了……」

就是要站在田中間，向左、向中間、向右，所有泥巴成半圓形把腳都埋住了，這才抬高腳走一大步，再如此半圓形地逐步把泥土鋤鬆。

用力一鋤，泥土飛起來，可是下一下力氣便弱了，十幾下，已經累得受不了，那地都是坑坑洞洞歪歪斜斜的，好醜——對面的農夫怎麼都不用鋤田！

以有機方法耕種的農夫，才會這樣鋤地開田。其他農夫先用火槍把草燒光，再用泥田機挖鬆所有泥土，灑種子，連隨下化肥，定期灑農藥，菜心不到一個月便可以收割，這時便直接踩進去收菜。之後再用火槍清理一遍，再種再收……

這樣生產不更有效率嗎？

工業式的大規模農場，每十塊錢成本的產量較多；但有機的農場，每一畝地的產量更多。泥頭機把泥土弄得粉碎，一下雨結成一片，太陽一曬，便會龜裂，但農夫自己鋤地，泥塊有大有小，讓更多空氣進入農作物的根部，生長更好。農夫除了視乎農作物品種鋤出不同的深淺度，還可以掌握每塊地的環境特色，善用所有資源。反觀火槍、化肥、農藥都需要由石油作燃料或提煉，石油愈來愈貴，工業式農場的成本也就直線上升，更大問題，是火槍把微生物都燒死，化肥和農藥直如殺雞取卵般摧殘大地。

「吃有機菜不是為了好味，而是為了土地。」你很明白。

拿起鋤頭，鋤出一條窄窄的田坑來，再用耙子，輕輕把剛鋤起的泥巴掃平，很快，便是一列漂亮的田壟。

見過一些人參觀農場會踩上較高的田壟，避開低地——農夫恨死了！凡開過田的，都會知道田壟每吋泥土，都是很辛苦很辛苦地鋤鬆的，絕對不會踩上去！大家謹記要走田坑。

一列田壟要有多闊？答案是你的手有多長。

把手伸直，應該可以打理田壟中央的農作物，農夫無論淋水、施肥、除雜草，左右走兩遍便行了。田壟太窄吸收的水份會太少，太闊又難打理，一般是四至五呎長，因為人手大約超過兩呎長。

不同農作物也需要不同的闊度，像冬瓜需要較多地方，夏天兩列冬瓜田，冬天可改成三列種菜心。

好了，可以去買種子。

「本地菜心有什麼品種？」你趕緊跟著去種子店。

袁易天一手鋤頭一手八齒耙、幾下手勢便開好田。

本地菜心王

曾經在田裡看見阿婆種的菜心，長得好高大，便說：「咦，還不摘？不會老嗎？」

「都未起心！」阿婆非常不高興：「唔識就唔好講啦！」

明明在很多有機農場看見的菜心，都是剛長出來，可能才三十日便割下來，還美其名「菜心苗」。後來才知道，真正成熟的菜心，是要等「起心」（抽苔），長出的主莖開花了，才割下來。由於不是貼地割，還有特製的菜刀：戒指刀，伸手進葉莖的中心割下來。所以圍頭話叫菜心做「切心菜」。

阿婆能種出起心的菜心，原來好厲害！

從十二月至二月，本地菜心最靚，是最難得的「八十日」。

到上水馬振興種子店一看，幾個瓶子都是菜心種子：「黃葉」、「碧綠」、「六十」、「八十」。老闆輝哥說，本來還有「五十」、「七十」，但現在已經沒人種了。這連串數字，都是生長日期：「黃葉」、「碧綠」菜心均是四十日可以收成，分別在於葉子偏黃和菜莖偏青，從「五十」到「八十」，即是分別需要五十日到八十日收成。

那田裡一次過撒下這些菜心種子，不就能不斷有收成？錯了。

菜心一定要抽苔才好吃，菜味勝過如今流行的「菜心苗」。

決定菜心要種多久的，是天氣。最靚的菜心，是現在當造的「八十日」，在十一月下種，讓最冷的北風吹過，才會甜美有菜味。可是香港人一年四季都要吃菜心，在大熱天，惟有種「四十日」，栽種期由四月至九月，所以又叫「四九仔」。初秋期間，則種「六十日」。

冬天種菜心，時間對，就算新手也有機會種出起心的菜心，可是夏天種菜心真艱難，一起心便老了，或者惹上把菜葉咬得都是洞的「狗蚤仔」，很多有機農夫都寧願快快收割菜心苗。就像家庭主婦炒青菜，更顯露烹飪技巧，農夫技術有多高，看他種的菜心便知道。

堅叔是有機農友口中的「菜心王」，最懂得在夏天種菜心。秘訣在於種子：夏天種的「四九仔」，是早年在廣東增城帶回來的，相對少葉、菜莖較粗，然後每年自己留種。有機農夫大多會自己留種，以適應不同的種植環境，但這很講技術，是否懂得挑選表現最好最穩定的農作物。

「還有，一定要用雨棚。」堅叔說香港的夏天愈來愈熱、雨愈來愈大，「四九仔」再耐熱，也擋不住雨水。這棚還要在好天時打開，以免空氣不流通，工夫相當多。最後是勤力施肥，花生麩、骨粉、光肥料費都五、六千元。

「不過投資再大、再辛苦，都是冷天的菜心好吃。二、三十年前的『八十日』，肥到爆開！現在大家都用大陸的交配種，已經種不到了。」堅叔嘆息。他冬天種的「油青六十日」也種得很好，在大埔農墟一早便被熟客訂光，不用擺上桌子賣。

冬天才是菜心當造，可是一年四季香港街市都在賣菜心，那牌子標明的「寧夏菜心」，這寧夏，真的指內地大西北，那片缺水乾旱之地。

香港人嫌白菜寒涼，有些老人家吃了會咳嗽，菜心被捧為「最正氣」，但不是每個農夫都有本錢像堅叔這樣搭雨棚種菜心，二零零六年開始有港人在寧夏合作開菜場，去年永寧縣望洪鎮、青銅峽市瞿靖鎮、中寧縣的供港蔬菜基地，總面積達到1.536萬畝。地方政府網上資料盛讚當地光照充足、晝夜溫差大、空氣無污染，唯獨沒有提到水源充足。

把居民也不夠用的水灌溉長成的菜心，菜統署職員說，貨車要用兩天才能運來香港，當中耗費多少能源？

不時不食，夏天請吃莧菜、通菜、番薯苗。

堅叔的「菜心王」，往往都給熟客訂了，種多少都賣光。

不是唯一

地鋤好了，種子的故事知道了，你拿起一袋「六十日」的種子：「現在就來種菜心了嗎？」

拿出一個小鍋，用一把泥沙混和種子，輕輕拿起來，伸直手，用最陰柔的力抖動手腕，種子便隨著沙子落到田裡。眼睛要看著田面，不要看著手。走得慢，種子落得多；走得快，種子就落得少。為免浪費種子，最好快快走過去，寧可剩才再走一遍。

「一列田，要撒多少種子呢？」你問。

每塊田的環境都不一樣，說不準，最好試一次，出來效果太擠了，下一次就減少種子的份量，三次、四次，慢慢就拿捏得準。

拿出耙子，淺淺地在泥面打圈，順勢把種子收入泥裡，不然太陽一出種子都曬死。最後放一層乾草，遮住陽光也擋住雨水，但不阻礙發芽。

才一星期，菜心便發芽！

二十天後，綠地毯似的，便可以移種。輕輕把苗拿起，轉身拿到安排好的田裡，用手指在田面插一個洞，把苗埋進去。你看我的左手食指，指頭特別粗，就像彈琴的人指頭會起繭。

蘿蔔等根部植物，並不可以移種，因為根部一傷過，以後長大便有傷痕，不漂亮，可是菜心呢，根部被扯斷，反而會長得更強壯。疏密不齊的菜心苗，經過移種，一排排軍隊似的。

我不喜歡種菜心。

你露出驚訝的神色：「香港人最愛吃菜心啊。」

菜心的商業壽命，只有三天，起心後三天不收成，整塊菜田便失去價值。一列菜心，有的長得快、有的長得遲，可能每次收割只能割下一、兩斤——怎麼賣呢？所以一種，就要種四、五列，然而天氣一暖，突然所有菜心都一齊起心！小時候一到回南天，全家人都得凌晨兩點起來割菜心，直到五點拿去天光墟賣。暖和的日子菜心長得超快，明明割得好乾淨了，第二天又好像沒有割過一樣，「一田菜」，好得人驚！

收菜心，還要有手工。每一刀，都會割剩四塊葉，一支支菜心由手掌一直排到肩膀，像一把扇子，賣菜要「過籮」，如果在菜籮裡散開，逐條執就天光都未做完！所以要一「手」菜、一「手」菜地放好，菜心無論長短都會削得整整齊齊，這籮菜運到墟市，才有人買。

主幹收割後，還會不斷冒出新的橫枝，但第二次收割過後，長出來的菜心雖然更嫩更好吃，但比主幹幼得多，一手菜要割太久，乾脆把菜全部鋤走。

一年這樣種六、七次菜心，農夫和土地都累死了。

可是對香港人來說，沒有菜心的農夫，就像不會種菜。

有機農友會

近四十位香港農夫一起開會，這場面十分難得。「大家要一起種有機蘿蔔嗎？幾多錢才肯種？種幾多斤？」帶頭的問大家。

大家新年會否吃到本地產的有機蘿蔔糕，就看這會議了。香港幾家社區機構幾年來一直向幾位本地農夫買蘿蔔做糕，例如灣仔土作坊、大埔食德好，然而大型食品生產商若有興趣生產，一買就要幾千斤甚至上萬斤蘿蔔，本地產能否有充夠供應？反過來，香港農夫不可能貿貿然種一大批，那會導致大跌價，整季心血都泡湯。

解決方法之一，是先訂購，後種植。

知道本地農夫願意／能夠種多少蘿蔔，才能與生產商講條件，生產商下了訂單，農夫便可以放心種植。

「二千斤，每斤七元。」一位女農夫喊出來。

「我五元一斤也可以。」另一位農夫說。

一位年長的搖搖頭：「我的蘿蔔，二十四元賣給熟客也不夠賣，我不參加。」

又有一位問：「種蘿蔔時間好長，那地就種不了綠葉菜？」

「可是人人種綠葉菜，錢價便低了，分一些種蘿蔔，反而可以維持售價。」有人馬上答。

彷彿熱水一下燒開了，人人都七嘴八舌。

香港有機農夫難得地走在一起，爭取更大的生存空間。

這是剛成立的「有機農友會」，成員將近五十位，以香港目前領得有機認證的農場有八十多間，仍然有出產的農夫大約有二百人，「有機農友會」可算甚多有機耕種界的農夫參加。

「我地農莊」的農夫黃零，是首屆會長。如同很多農夫，說起目前務農的困境，都是一肚子氣：漁護署不斷開班教授種植有機西瓜、蜜瓜，但市民最愛吃的，仍然是菜心，如何可以在夏天種菜心？或者夏天當造的節瓜，由於果蠅嚴重，近年一直失收，如何可以不用農藥減少害蟲？這些都是本地農夫更想知道的。

黃零不滿了很多年，決定要團結一群農友：「罵完人要做事，不是罵完不做事咁衰！」「農民大部份都不想搞事，但大家也知道溝通好差。」他說：「農友需要團結，爭取權益，大家走在一起，起碼可以多一點技術交流，好多難題，大家飲餐茶已經可以學到好多。尤其是小農戶，我們撞了幾次板，終於有一點經驗，但小農戶怎有土地去試？」

有一次出席農友會的盆菜春茗，好多新丁農夫參加：「如何防野豬？」「這個夏天種什麼好？」資深農夫都被圍著追問。不是全職農夫，也可以參加有機農友會。業餘農友會員和農友會員一樣交一百元會費，但無投票和選舉權。

大家又一起訂購花生麩、雞屎粒粒肥，肥料公司也有代表來，量多，就有折扣。還有士多啤梨的幼苗，共同訂購價錢可低至人民幣五毛錢。農友還相約了一起上廣州買農具。

有機農友會接著舉辦粟米節，假如冬天蘿蔔有價，夏天粟米有市，農夫一年收入便有起碼的保證。

農友會的粟米節頗受歡迎，一些認購了粟米的家庭，假日還特地去農場看粟米如何栽種。

耕田CEO

香港農夫，很少樂觀如黃零。

耕田不易，收入最穩定是把農地割開租給市民當假日農夫，老農田的葉子盛最近便大幅擴展場地，生產糧食出來賣，就艱難得多：用心如大江埔昌哥、逢吉鄉小狗阿康，一直無法收回投資成本；甚多熟客支持的堅叔、檸檬農夫等，又慨嘆農地一再被收。

唯獨是黃零，「牙斬斬」：「香港農業有得做！我就快上市，做CEO！」咭片大大隻字印著：復興本地農業。他最近租下十斗地（約七萬平方呎），手上農田面積超過二十斗，還計劃繼續擴展。

「我不同意無地，前陣子電視台記者來問，我一說農地不難租，她就不採訪我了。」黃零的方法是與地主合作：「租什麼地呢，一齊合作啦，一齊做『木瓜期貨』，收到幾多大家一起攤分，我就要大份！」

香港超過四成木瓜都是基因改造過的品種，只有少數地方如川上農莊，仍然有未受污染的原種木瓜，黃零就計劃吸引市民支持在他的農場裡種植大量原種木瓜。他口中的「期貨」，是先訂購，後種植，剛剛五月的「粟米期貨」，他一早賣出了過萬支粟米；冬天的「蘿蔔期貨」也收到大額訂單，對方有意大量生產有機蘿蔔糕。

先訂購，後種植，不就是原本CSA「社區支持農業」的概念？在台灣，人們承諾支持農夫用有機方法種植，無論生產出來如何都會付款購買，在香港大家都是挑「現貨」，口說支持，看見蟲洞或者種類有限便不買。

黃零一聽就彈開：「別說CSA這種話，把層次都拖低了！我們賣中環客，報紙都要財經報才接受訪問！」他認為香港農業面對的是市場結構問題：農墟是「精緻農業」，價錢貴產量低，這是好的，可是要市民普遍吃有機菜，就要發展低中價有機市場。

黃零種的有機菜，不追求品質最高，而是小心控制產量和價格，以低價多產增加利潤，他的售價之低，令很多行家都側目。並且重新設計農場的設施，網屋三千元加一百元噴罐系統，不用很大投資，隨時收地都可以收拾帶走：「遊戲規則改變，玩法就不一樣了，還怕農地租期不穩定？」他甚至想過把整套系統設計賣給新入行的農夫，如同開連鎖店，時常掛在嘴邊開玩笑的，便是上市做CEO。

嫌他市儈？他又突然一本正經：「德魯克二十年前已經講『第三部門』，做生意要發達，像微軟捐那樣多錢才似樣！」

管理學理論家德魯克說的「第三部門」不靠政府也不純粹是做生意，而是設法把社會問題轉化為商機。黃零滿口生意，可是比很多農夫敢發夢。

黃零父親養豬，但很早便放棄營業牌照，沒得到很多政府賠償，他零五年才全職做農夫。「有機食物市場潛力好大，全球都是這樣，本地有機農業一定會爆發，農夫有機會暴發，但看是哪一個先發達！」

春天有多遠？

空氣似是擰得出水來，連續多天空氣中的濕度都高達百分百，這年的回南天，加倍地濕漉漉，彷彿要補回前一年缺席的濕冷。

臉書上炸開來：種到米了！菜園村生活館老早有各式各樣的蔬菜出產，卻都比不上種米「大新聞」，收割到的兩百公斤米，粒粒都似乎載滿希望：能夠種糧食，生活就有機會自主？

長春社在塱原的禾田也「豐收」，由最初三年全部餵雀，到去年收到超過兩噸；前天文台長林超英領隊的「活化」荔枝窩計劃，亦有參與者夢想在當地種米——香港終於有米？

找來台灣亮晶晶的鏡子：台灣青年種田潮的關鍵人物：賴青松，八年來種植「青松米」的經驗。還有花蓮迦納納咖啡農場、鳳林美好花生等等，都在示範如何利用農業，營造社區發展。

台灣雜誌《鄉間小路》編輯到訪香港，我們把握機會，開了一場座談會。

鄧家絲苗

時裝設計師鄧達智很開心，收到朋友從韶關送來的「馬壩絲苗」。華南地區稻田一年可以有兩造，甚至三造，可是廣東北部的曲江馬壩，一年只得一造，額外地珍貴。十一月禾穗飽滿結實，剛打完穀，那新米煮出來的白飯亮著一層油光，香噴噴地，鄧達智吃著吃著，就會想起童年：

「我是家裡最後一代體驗過種米的日子，我弟弟也因為年紀小，不大記得了。」鄧達智在元朗屏山鄉出生，直到小學三年級，家裡都種米。夏天雨水多，兩列田中間的水坑大約深至成人膝蓋，正好讓小學一年級的孩子進去「游水」，鄧達智叫這「米田塘」。

不怕泥水骯髒？

他反應好大：「種田的土地、種田的水，都是最靚的！」他相信後來就是因為新界的水土變差了，新界人才沒法繼續種米，被迫到外國打工：「新界原居民出國一般分兩類，去歐洲的大多是打工，像文氏便因為田地近落馬洲的鹹淡水交界，種不出稻米，惟有到異地討生活。另一類去美國的，多是留學，例如鄧家在元朗大平原種出元朗絲苗，相對富裕，那是名副其實的家裡『有米』，子孫才有可能去外地升學。」

一八九八年當英國租借新界，當時全新界合共有四萬多英畝稻田，每年大約產米二萬噸，較為著名的品種除了元朗絲苗，還有沙田的油粘米。

稻田旁邊還有河涌，好多魚蝦田螺，都是新界小孩的童年玩伴。現在內地和台灣矜貴的「鴨稻米」，在當年新界可是家家戶戶都會在稻田養鴨：鴨子吃掉稻田裡的田螺，鴨糞又是肥料，這樣養的鴨子會被稱為「莊基鴨」。

鄧達智唸小學二、三年級時，還會隨著母親和家裡工人下田，插秧、收割他都略懂點點，但印象最深還是收割後，稻穀要在「禾塘」曬透。禾塘大約一千平方呎，平時用來曬菜乾，甚至堆放建築材料，但從不叫曬場、不叫雜物場，首要用途始終是曬稻穀。鄧家的禾塘就在穀倉前，田地多，一個禾塘薄薄鋪滿兩、三吋，要幾個禾塘才放得下所有收成。

「曬穀在我心目中，就像日本的園藝『枯山水』。」鄧達智說大人會用耙子把稻穀翻開，並且輕輕用腳幫忙，讓表面較乾的稻穀，換位置給底下較濕的稻穀：「人們通常都是筆直地走一行，轉身，『之』字型再走一行，可是我會拿著耙子畫畫，畫人臉！後來我會走上時裝設計的路，可能就是從當年的禾塘開始。」

一邊畫、一邊趕雀仔，一個下午，轉眼就過去。

稻田禾塘都可以是遊樂場，唯獨飯桌上那一碗白飯，絕對不能拿來玩——鄧家富裕，只吃當造的新米，但鄧家孩子都得把碗裡的米飯全部吃清光，意外跌一粒飯到地下，都要撿起來吃掉。

鄧達智升上小學四年級，家裡沒有再種米，寧可收租，把田租給同村繼續種米。接著田地改為種菜，整個環境都不一樣了，蔬菜兩個月就收成，需要大量人工，鄧達智亦升上中學，不再在田邊玩耍。

再後來，菜田變魚塘，又淪為停車場。鄧家昔日金黃一片的稻田，就是如今棟棟大廈一模一樣的天水圍。

鄧達智就是相片中央嫲嫲寶貝地抱著的嬰兒，是屏山鄧氏第二十六代長子。

鄧家是香港新界五大氏族之首，擁有最富庶的米田。

最後一位米農

那磨米機轟轟晃動，然後壞了。

磨米機好大一部，有好幾組機械，大包稻穀倒進去，由管子抽上另一組機器，隔走砂石、吹走沙粒雜質，再傳去另一組機器打成白米。磨米機放在士多裡，老闆說二十年前稻米當造，一天要開動二十多小時。

現在就只剩下一個農夫來磨米。零件壞了，老闆說，不會再修理。農夫心裡就知道了：這是最後一次可以吃自己種的米，以後稻穀只能賣掉換錢，然後再花錢買米。

這是香港電台節目《鏗鏘集》在一九八八年拍攝的一集內容，主角是當時全香港最後一位仍然種米的農夫，他叫發叔，住在大嶼山東涌沙咀頭村。

每天早上六點，發叔一家已經吃好早飯開始做事情：婆婆和發嫂把前一天掘到的蜆，曬乾做蜆乾，大女兒做家務、小女兒餵雞、兒子出海釣魚、小兒子先買菜，再上學。還有四個更年長的兒子，都去城市裡工作了，可是薪水很少，拿回家的錢也就不多。

發叔把牛拉去農田，全家人吃的米，就靠他種出來。影片細細地紀錄種米的過程，香港種米主要有兩造，春天驚蟄，夏天夏至，就是播種的時候。先選實淨飽滿的稻穀，浸濕，發芽，然後播落泥土裡。發叔每一造大約落七十斤稻穀，收到的米大約七、八百斤米，剛好夠一家七口吃半年。

稻穀撒下，幾天後長出幼苗，就是禾秧，再過一個月發叔便用手把禾秧拔出來，隨手在水靴上打去根部的泥塊，再紮成一大束，秧頭齊齊整整地剪走。然後這一束束秧苗會放在濕泥裡浸一晚，秧尾重新長出根，糾結在一起，這時才開始插秧。

插秧是總動員，發叔拉著牛翻土，把濕泥犁鬆，全家人都彎下腰，一小束、一小束秧苗插下去。

禾稻漸漸長大，開始結穗，小兒子一放學就回家，先是帶飯給家人，然後落田用石子和丫叉趕鳥，又養貓，阻止老鼠。可是再勤力，也無法對抗打風落雨。發叔每次打風後，都急急下田，看禾稻有否給打斷。去年十月稻穗都熟了，正要收成，一場三號風球，頓時打掉了六成稻穀。

發叔家裡本來是打魚的，後來做建築，七十年代後期建築業沒發展，就決定「返鄉下耕田」：「耕田好辛苦，但一定有幾粒米食。」

這些小兒子都知道，每一粒米都要吃掉，不可以跌在地上，他覺得自己親手種的米，特別好吃：「我一餐吃兩碗飯，覺得自己的米香一點，軟一點，新鮮一點。」收割後的禾稈，小兒子會幫忙收起來，留給家人燒灶。如果燒完了，發叔和發嫂就得一大清早搭船去對開的山頭斬草，很辛苦。「如果我們家有石油氣，就好了。」小兒子很希望有一天可以搬去城市：「我長大了，不會耕田，好辛苦！我要搬去香港，方便上班。我沒想過什麼時候，但始終有一日要出去。」

中秋節，四個哥哥回家過節，負責釣魚的哥哥跟著走去城市學師，家裡男孩，就剩下這小弟弟。

發叔說，兒子都會離開，他老了沒氣力，也就不再種米。

嘉靈愛種米

台灣大陸都會有現成秧苗出售，香港農夫只能自己浸種培苗。

嘉靈一直記得幾年前在廣東乳源買來的米：「好香好香，還沒煮已經聞到米香，好似蜜糖！那洗米水香到想喝掉，煮出來的飯，好香好綿。」同一包米送給精於廚藝的朋友，也說香到不捨得煮。

乳源位於廣東韶關的山區，附近是南嶺森林公園，為什麼叫乳源，就是因為有好泉水。當地農夫用這水種田，農作物本身就長得好，近年個別農夫開始改用有機方法耕種，嘉靈就是因為考察一個社區支持農業的項目，去到當地。

那種米的農夫是第一年轉用有機方法，種的是油粘米。「那次煮出來

跟著嘉靈插秧，卻把泥地踏得都是坑洞。

雖然年年失收，嘉靈還是每年開開心心地種米。

的飯，我已經覺得很有飯香，可是老人家還是覺得不是最靚的。」嘉靈說：「她們說油粘米煮出來，整碗飯是光亮的。我只能想像一粒米磨完後光亮亮的，但想像不到煮完之後會發亮。她們就答：『不然為什麼叫油粘？就是有一層油光！』」

「咁神奇？」嘉靈益發著迷。

嘉靈很可能是香港種米次數最多的人，打從二零零三年開始，她便在粉嶺鶴藪自己的菜田，不停嘗試種米。

「因為米飯是幾乎天天都吃的農作物啊，而且常常聽到老人家說這片田以往都是種米的，元朗絲苗會進貢到宮殿！我就很想試。」她坦言並不特別喜歡吃飯，但好奇香港的歷史。

因為田地面積小，每一次，她都只是試種一百幾棵，可是都沒有收成——鶴藪有蟲害，一到抽穗的時候，禾莖就會斷開，割口整整齊齊的！嘉靈特地拿去給綠田園基金總幹事劉婉儀。綠田園過去近二十年每年都種米教育市民，可是沒出現這樣的情況，劉婉儀查過書後，懷疑是「夜盜娥」幹的好事。

接著，她在白沙、林村等不同的地方都種過米，就算避過蟲害，都逃不過鳥兒，完全沒有收成。唯一例外，是一次在家煮飯，浸米浸得太久，那日本糙米發了芽，不能吃，於是連洗米水，一起丟到菜田當肥料。誰知糙米居然長出來，可能混在菜田裡，雀仔也看不見，最後長出一大串稻穗。

「我當然不捨得吃，才一串，也很難打穀啊。」她留下來做米種，再種，又失敗。

這兩年，嘉靈又不斷在粉嶺南涌種米。二零一一年春天第一次插秧，滿田翠綠的秧苗突然變黑色！

「好恐怖，突然間全部都變黑，那時日本剛好洩漏核輻射，我心想難道傳過來了？感覺像是世界末日！」她說剛插秧，便覺得有點不妥，兩天了完全都不生長。可是這地以前也種過米啊，如果泥土有毒，旁邊的野草又長得那樣漂亮？田裡還有青蛙、蚯蚓，鮮跳活潑的。

培苗、再插秧，不行，再插，直到一天她伸手把田裡的泥水放進嘴巴：咦，鹹的？原來南涌近海，這年春天雨水太少，田地變鹹了。

端午節前後第三次插秧，剛好下了幾天超級大雨，把地沖淡了一點，秧苗終於長起來。嘉靈這次種的，都是挑好味道的米，由朋友特地從廣西帶來三種米種：八桂香、桂豐六號、百香一三九。只是人喜歡吃，蟲更喜歡。好不容易長出來的稻穗，起初都是脹卜卜，嘉靈還嚐過稻穗裡剛長出來的米漿，甜甜的，但奇幻事件又再發生，稻穗只剩下外殼，裡頭應該結成的米粒不見了。

「朋友特地把只剩外殼的稻穗帶回廣西，問過當地農夫和農業專家，都沒人知道是什麼事。」嘉靈堅持不放棄，八月再插秧，十月長出來的稻穗，果然又開始只剩下外殼。

她小心地看，終於發現有蟲。

長短粗幼像是半條牙籤，她蹲下來，一條條蟲捉出來，那天都不知道捉了多少條蟲！

「難怪現在的飯都不好吃。」她嘆氣：「好味道的米種，要好水土，可是產量相對低，又多蟲害，一般農夫都選最高產的米種，不好吃，蟲也不吃。」

變黑、蟲害，南涌種米的困難還沒數完——小部份成功長出來稻穗，給雀鳥吃了。

「那鳥像是胖嘟嘟的麻雀，看起來好可愛，一開始長出稻穗就飛來，我心想才幾隻，吃飽了都沒幾多粒米，誰知鳥兒不知不覺地增加，我一邊除雜草，鳥照樣在旁邊大吃，氣了大叫一聲，禾田剎那飛出幾十隻鳥！」嘉靈氣極，反而當笑話說。

南涌本來就是香港的雀鳥天堂，鷺鳥的數目是米埔的三倍。

種米真的這樣艱難？

嘉靈卻曾經在香港鬧市見到有人種米：以前在屯門仁愛堂上班，有份創辦環保團體「綠色女流」，當時辦公室附近有一間茶餐廳，舊舊的，嘉靈和同伴本來對茶餐廳的食物沒有什麼好感，一天卻看見門前有兩大盆稻子！

「我們馬上去光顧，老闆七十多歲了，很高興：你們知道那是米?!」她說老闆看見學生只知吃飯，沒見過種米，特地種的。

第二年，茶餐廳門口竟種了兩大盆麥子。嘉靈很意外，老闆更意外：「你又知道那是麥？」老闆這樣種米種麥，反而有少少穀粒收，大概飛蟲和鳥兒都不會去馬路邊。

長春社：鳥來了

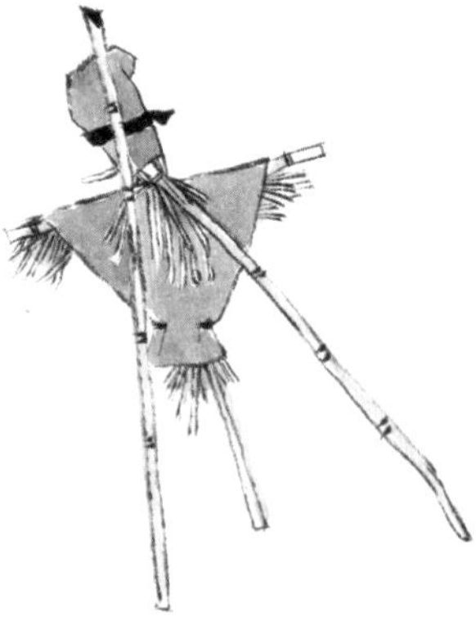

Benny二零零三年最初接觸農田，便是去粉嶺南涌趕鳥。當時南涌在種米，禾穗開始熟了，卻還沒收割，Benny每天在田裡守著：「我走在田的一邊，鳥兒就飛去另一邊，跑過去，鳥兒又飛回來，跑來跑去大半天，後來才曉得從地上執泥球，丟過去把鳥嚇走。一直到收割那天，我都這樣待在田裡，所以我很肯定，所有說可以趕鳥的稻草人、掛著的光碟……頂多有效三天！」

農夫一般都不喜歡鳥，尤其是種稻子的，塱原卻可能是唯一歡迎鳥兒的禾田——因為要保育這地的鳥兒，政府破天荒補貼這裡的農夫。

九十年代末，當時的九廣鐵路計劃以高架天橋穿過塱原興建落馬洲支線，由於影響濕地雀鳥各界反對，二千年環保署正式否決，鐵路最後採用隧道通車。塱原在規劃的土地用途上維持「農業用途」，而不像米埔成為「自然保育區」，長春社於是在區內保育農地，從而有助原有的雀鳥生態。

塱原的濕地，是傳統灌水圍墾而來，特別適合喜歡多水的農作物。長春社最先鼓勵居民種的是西洋菜，問題居然出在大豐收。

長春社保育經理戚曉麗說當時西洋菜長得太好了，每隔兩天便可以收割一千斤！「當時去大埔農墟擺賣還不須有機認證，我們賣得很好，可是再好也是每次一百斤左右，根本賣不完，而且因為量大，就用薄利多銷的方法，每斤十二元，馬上就引起其他農友不滿，他們每斤有機菜大約賣十五元，很生氣我們的農夫有補貼而減價。」戚曉麗說後來大埔農墟要求有機認證，塱原部份農夫抗拒有機耕種，田地相連，長春社補貼的農夫也就無法達到認證資格，西洋菜最後送去傳統的北區臨時農產品批發市場出售，農夫也就更沒興趣改用有機方法耕種。戚曉麗今天說起，仍然很無奈。

這是非常可惜的局面，雖然成功保留了濕地，但沒法讓區內農業持續發展，也就得長期依靠補貼，並且缺少誘因像香港其他農夫般轉用有機耕種，或者改善農法提高品質。

二零零六年塱原開始種米，戚曉麗說各方反應都非常好：「農夫都很高興，市民反應也很好，到底是中國人，對米特別有感情，跟蔬菜的反應就是不一樣。」當區的農夫其實都沒有種過米，六十年代他們從內地湧來香港，也許在鄉下曾經種米，但來到香港新界，都是種經濟價值更高的蔬菜。

然而最初三年，塱原都沒法種出米來，頂多留了一些穀種翌年再種。第四年，換了第二名農夫負責種米，終於有二百多公斤收成，二零一一年產量更破天荒有二千公斤，雖然禾田總面積多達五、六萬平方呎，但有三分一是特地種給鳥吃。「一開始只有幾隻禾花雀，現在有三、四十隻，百分比的增幅十分驚人啊！」戚曉麗很興奮，長春社要保育的，始終是鳥兒。

長春社並且招標市民成立「禾花雀塱原生態農社」，五十位義工要付年費一千二百元，定期參與耕作，每月可收到電子報報告田間工作狀況，而每一造收成，大約可以得到四至六公斤糙米。

自己種的米，好吃嗎？

戚曉麗答得很玄：「很好吃嗎？不是，不好吃嗎？完全不是，就是可以再進步啦！」現在種的米種，都是從內地農業組織拿的，她曾經落力去找本地的米種，可是菜種店都說沒有，聽說國內的農科所可能有，但若無門路去查詢，甚至特地去問菲律賓的稻米研究中心，說是沒有保存香港的米，可是又表示可以再找找。

直到今天，她仍然找不到：「元朗絲苗，應該消失了。」

走在塱原，還是泥巴小路，沒有其他農區方便手推車出入的水泥路，也相對少房子，整個地區似乎仍然停留在七、八十年代。

一整片交白筍田，本來三個月前應該收割，然後減少分株，重新生長，可是因為沒有人手，任由變得枯黃。「那農夫八十多歲了，沒有力氣再造。」簡先生說。

簡先生是塱原長大的農夫，去年剛加入長春社成為全職員工，協助打理這一帶的農區。「一直都希望保留這裡的農田，不想變成新市鎮。」他坦言這一帶，只有年紀大、沒氣力再耕種的農夫，才會與長春社合作，接受政府的補助種米，還有能力的，都會繼續賣菜為生。

「始終種米太辛苦，由發苗、插秧、防鳥、防蟲、收割、曬禾、打穀、銷售，全部都要顧。」簡先生坦言如果不是長春社想保育鳥兒，這裡根本不會有禾田。

倫國輝拿起一把壆原的慈菇，這本應是較早前收割的，現在都爛了。

林超英在荔枝窩

前天文台台長林超英一直呼籲關注氣候變化，某次有商界人士問他拿證據。「你去年吃一碗飯幾錢？今年幾錢？這就是氣候變化的證據。」林超英說畢，對方沒作聲。

林超英指出，因為天氣愈來愈極端，農作物失收導致糧食愈來愈貴：「漸漸食物會貴到一個程度，給金銀珠寶都吃不到！中國歷史上，山西陝西等金融中心，旱災時人們就試過抱著金銀珠寶餓死的。香港需要農業，需要保證自己的食物安全。」

原來早在林超英當天文台長時，就曾經在尖沙咀的天文台總部種米——尖沙咀、油麻地一帶以前都是種米，佐敦本名官涌，就是一條河。

林超英和太太都喜歡種東西，搬入天文台總部的官邸，就嘗試種植。那時有人送他一盆秧苗，只是淋了一會水，長高了一些，便沒活下去；又試過種番茄，人還未吃，已經給其他動物吃掉；生菜算是長出來了，但天文台始終是個大樹林，陽光不夠，種得最好的，是基層員工種的香蕉。

林超英退休後，由於要四出演講，還是選擇交通方便的市區。在二零一一年三月，他加入梁振英及前布政司鍾逸傑牽頭成立的「香港鄉郊基金」。這基金仿傚過百年歷史的英國國民信託組織，透過捐款和年費，籌錢買地或者和地主合作，保護鄉郊土地免受破壞。

基金有多個委員會，林超英參與的是選址委員會，其中特別關注新界北的荔枝窩。二

林超英後面，就是沙頭角禁區著名的中英街。

零一一年底開始，他不斷帶團實地考察荔枝窩，我也曾經參加其中一團。

我們採取「水路」，從沙頭角坐船，直接到荔枝窩的小碼頭。在沙頭角碼頭，感受已經很深：對開深圳的鹽田港，全部是貨櫃碼頭的重型吊車，沿海還有大量浮誇設計的大型住宅，可是香港這邊，水天一色，配上深深淺淺的山巒，心情完全兩樣。「連大陸人也問：為何香港能夠保留那樣漂亮的風景！」沙頭角其中一條村的村長說。

經過美麗的印州塘，下船走十幾分鐘，便到達荔枝窩，沒想到這古老的客家小村保存得相當完整。在大埔林村也看到不少古色古香的瓦頂屋，只是日久失修，陸陸續續倒塌。荔枝窩雖然只剩幾家人，卻仍保持得相當古雅。林超英說：「荔枝窩連同附近六條村，組成沙頭角十約之一的『慶春約』，本身便是重要的文化承傳。我最大夢想，便是把荔枝窩變成世界文化遺產！」

順步再走上梅子林，那幾列古老大宅，還有好大的露台，前面大片山坡非常開揚。「租金？一元吧！」那屋主的兄弟說，以為開玩笑，卻是認真：「大部份兄弟都移了民，可是年年要湊錢清雜草，大前年大家夾了八萬港元，去年只夾得一萬元，今年都不知道還會否繼續請人整理。有人租住，房子起碼不會壞掉。」

那山坡地，曾經都是梯田，在六十年代以前，全部都種米。

荔枝窩其中一位原居民從外國回流，也心思思想種田，隨行朋友都起哄：「種米啦！」蔬菜水果都難運出來，稻穀保存期可以長達一、兩年。而且香港人給得起錢吃日本米，如果種得出本地有機靚絲苗，利潤有機會支持村子持續發展。

林超英趁機「點火」：「那你們也搬進來，一起種田啦！」

人為什麼會喜歡耕種？林超英曾經在《天地變何處安心》寫過：人類歷史在過去一萬年，急劇地轉變，其實這對比幾億年來的生物演變，一萬年只是一瞬間，人類的基因根本沒法趕得上一萬年間精神世界轉變的速度。假設二十五年是一代人，一百年是四代，一萬年才四百代，基因變異幾乎沒有出現的機會。因此過了一萬年，人類的腦袋還停留在漁農的時代，然而卻置身於商貿興盛的金融時代，當中有太多不配合、不適應，難免感到不安。

這也是為什麼，踏上土地，反而踏實，看著農作物長起來，心裡浮起莫名的感動。

林超英最希望能夠集合一班人租下荔枝窩、梅子林等地，讓荒涼村子「活」起來，例如退休的、半退休的、從事藝術的、有意過「半農半×」生活的朋友等等。辦了幾次考察團後，他計劃開工作坊討論運作模式：資金從哪裡來？成立有限公司？人民公社？生態村？意見不同，如何協調？

「我到六十歲才開始明白農業的重要，希望年青人早一點明白。」林超英語重心長地說。

荔枝窩的白花魚藤，被遊客玩得東歪西倒，現在已不開放。

親愛的大米

「親愛的大米：」

周思中情深款款地寫道：「到要收割的時候，才裝模作樣地給你寫信，其實太不像樣。只是平日明明朝夕相見，似乎更沒理由要迂迴地寫信。見諒。」他寫啊寫，由體會農業不是追求無限增長，而是在限制裡創造，想到馬克思，再談到佔領中環。接著收割、磨掉稻穀，周思中又首次知道這糙米要先浸水才能煮，從糙米表面有「植酸」阻礙人體吸收，聯想到是上千年來，預先低調地反抗消費主義，可被稱為「精細的尊嚴」。

文章登在報紙，又在面書轉載，一些留言充滿敬佩：沒想到天天吃的米飯，能悟出這麼大的道理！

一起在菜園村生活館種田的Miki，對種米的感受直接得多：

「村口總是有婆婆在閒坐聊天，平時看見我們拿菜去賣，頂多打招呼談兩句，可是那天我們拿著幾包穀，嘩，反應好大！所有婆婆都一臉興奮談起以前種米，說了很多故事！我們種米的照片放上面書，幾百人分享，大家似乎比我還要興奮，甚至有人留言：『慚愧自己沒有生產力』！」

「其實呢，種菜、種番茄也很難，要用很多心機照顧。種米當然要犁地、插秧、收割，要在太陽下彎腰，又要小心看著水的份量，但也不是很辛苦吧，為什麼大家的反應大這樣多？」

「可能米是主糧，可以餵飽自己，是生活最基本的需要吧。」

生活館的年青人因為反高鐵走在一起，無法阻止立法會撥款興建高鐵後，開始在菜園村學習種田。菜園村被拆掉後，二零一一年二月生活館在錦上路租下四斗地（二萬八千呎），最初種菜，夏天種稻米，十一月底居然收割到二百多斤稻穀。

為何沒給鳥吃光？

原來他們亦嘗試種糯米，一行稻米、一行糯米，間開種植以減少蟲害，鳥兒更愛吃糯米，便間接保存了稻米。如果是農夫，也許會大歎糯米全軍覆沒，但這班年青人雙眼放光，熱烈擁抱稻米去了。

除了特地開派對，呼朋喚友來吃自己種出來的米飯，還不厭其煩地叮囑如何煮飯：

溫馨提示：

1. 煮之前先洗乾淨，量好水後記得要浸四、五小時，然後才開爐煲飯。
2. 糙米之所以要浸水一段時間，因為米皮有種叫植酸的物質，植酸阻礙礦物質的吸收，而浸水可分解之。
3. 新鮮的米比較不受水。以平時煲白飯的水量來煲生活館糙米，出來的飯會相當稀爛。所以，記得少水。
4. 種種米都有啲特性，點煮要試才知道。但因為大家帶回家最多都係一斤，為避免走冤枉路，所以特此溫馨提示：浸水要長，落水要少。

得知道，這班年青人並不願自稱為「農夫」，因為農夫能靠田為生，他們只是「學耕田學生活」。如此細細地提示如何煮飯，也真是最基本但學校卻沒教的生活能力。

目前生活館核心的成員主要有三位，除了周思中、Miki，還有Jenny，都是一星期四天種田、三天從事教育工作，另外還有十數位參與的，可能是一星期來兩天的自由工作者，或者周末放假才能來的上班族。

別說長輩，也有同輩朋友質疑他們種田是「避世」，Jenny倒覺得實踐「半農半X」的生活，可以透過土地去反省自己對世界的想法：「不需要等候，什麼讀完大學才能自主？在種田的當下，就已經是自主的生活，感受是非常深刻的。」

種過米，才真的曉得粒粒都得來不易。圖中的米來自台灣花蓮著名的光合作用農場。

青松米

賴青松一直記著十二歲那年冬天：父親做生意失敗了，帶著他和弟弟妹妹搬到鄉下，投靠老家。

爺爺生活也不寬裕，小孩都得下田幫忙。賴青松第一次舉起鋤頭，就弄傷了腳，妹妹不懂用鐮刀，幫忙割稻時也受傷了。田裡工作忙不完，拔野草、醃蘿蔔、剝蔗葉、照顧犁牛……下雨天，爺爺總會塞塊糯米糕給這無處避雨的孩子。「蹲在田邊，和著汗水、雨水跟淚水，竟然卻會有幸福的感覺。」他說在城裡沒錢，真的是一窮二白，但在鄉下，再窮也有吃不盡的水果，玩不膩的蟲鳥魚獸。

一年後，父親又把全家搬回城市，但這年的生活深深地烙印，縱使賴青松往後順利升上一流的高中和「國立」大學，領到了在城裡往上爬的通行證，仍然念念不忘鄉下的「幸福」，二零零四年他在日本唸完環境法碩士，卻帶著太太和小孩回到台灣宜蘭當農夫種米。

在台灣，賴青松被稱為U-Turn族代表、青年種田潮的關鍵人物，連農委會推出「漂鳥計劃」鼓勵轉業務農，亦請他做代言人。

有別於香港青年因為社會運動走入農田，賴青松則是放下台北日日夜夜的抗爭運動，在三十歲過後，愈來愈想去鄉村生活：「年青時把理想看得很大，可是現在會想生活得好，

賴青松沒來過香港，卻不斷有熱心農業的香港人去拜訪他。

顧好太太孩子，有餘力才去推動社會。」

他相信十二歲的回憶，是務農的最大動力。「也有城市的年青人想種田，但一般都難以堅持，通常會繼續的，都是有農村回憶的年青人。」他頓一頓：「惟有回憶才可以支撐下去。」

先有回憶，再有方法。賴青松分別與「台灣主婦聯盟的共同購買中心」、「日本生活俱樂部生活協同組合」合作過，協助消費者直接跟生產者共同購買，並且寫了一本相關的書。在決定全職當農夫之前，他已經有構思如何把米賣出去：成立「穀東俱樂部」。

「穀東」在普通話唸起來，和「股東」一樣，穀東俱樂部就是一群人一起湊錢租田買農具、僱請「田間管理員」，並且分享最後的收成。這樣種田的可有月薪，不用很大投資，又可以免去種不出、或賣不出的風險，而「穀東」也可以吃到「自己田裡種出來的米」，並且可以不時去田裡參與農務。

賴青松成立的穀東俱樂多達三、四百人，當中不少是有小孩的家庭。「你不把飯吃完，青松叔叔會生氣喔。」「穀東」父母很高興可以這樣告訴孩子，如果說「超市阿姨」會生氣，小孩那裡聽？

可是五年後，賴青松還是把「穀東」聘請「田間管理員」的模式改掉：「我失敗的原因，是因為太成功。」

他一早便規劃好能夠養活自己一家四口的土地面積，和限制需要的「穀東」數目，希望每一個「穀東」都認識，都了解其獨特的生活需要，只是實踐起來，愈來愈忙，而且由於田間管理員的身份是「僱員」，很難說不。他說：「給人請，就要開會、做報告。其實若不是這樣，『穀東』就只是消費者，對土地沒有感情，可是愈來愈多人關注，很多人打電話來問，要求參觀等等，種田以外的組織工作一直增加，尤其是城裡人放假才來，那我也沒有了下班時間，家庭亦受影響。」

喜歡種田的，也許都不很喜歡講話吧，如果太太樂意幫忙，就可以分擔？

「問題是這樣的太太也不好找啊。」他笑了，然後指出關鍵：「要讓都市的消費者去支持農業，而不是剝削農業的話，農夫就需要有比較強的溝通能力跟發出訊息的能力，那這個部份始終是鄉村居民和農業工作人員的弱點。」

「穀東俱樂部」的模式也有在台灣別的地區推行，可是賴青松坦言，對於一些能夠承擔風險的農夫，並不吸引，因為薪水都是固定的，雖然收成多時可以分紅，但所得利潤還是有限。

二零零九年開始，他把「穀東俱樂部」，改為「青松米．穀東俱樂部」，仍然要求「穀東」預約訂購，再計劃生產。最大分別，就是沒有領月薪的「田間管理員」，而農夫不用開會寫報告，就是專心種田，有空閒才在網上交代田間情況。

這種合作關係，是逐漸發展出來的，最初種田，需要有更大的支持，但站穩了，就會想專心種田。賴青松就太熟悉組織工作，更加抗拒：「發展到了一個臨界點，要決定是否請人做組織工作，可是我個人又不想當老闆。」

賴青松選擇種米，是因為稻米比蔬菜水果都耐放，而且大部份人都要吃米，市場比較大。他選的米種，不是台灣經過日治時期後流行的蓬萊米，而是傳統長一點的米種。可是宜蘭冬天又濕又冷，台南地區稻米一年兩造，在宜蘭只能有一造，但全家來到這裡，是因為這是賴太太的娘家。

初期種米的艱辛，都寫在他的書《青松ê田筆記》：蟲害鳥啄打完颱風又缺水，但八年下來，漸漸上了軌道，產量甚至超出訂購，可幸在各方朋友支持下，也賣得出去。每年的田間生活悠然有序：春天下種，夏天耕耘，秋天收割後，便要開始送米、處理訂單，其餘時間可以外出、拜訪，參加研討會等等。

反觀在香港，處境就不一樣。

青松米的包裝紙箱上寫著「吃自己種的米」，香港人可能想到食物安全，但賴青松和支持者是特地喚醒都市人的記憶，台北人可能一半都由鄉鎮移過去，父母輩的可能更多達九成。台灣直到今天，超過九成白米需求都由本土供應，鄉村仍有成片稻田，風吹過，禾穗如潮湧。

香港六十年代卻已經放棄種米，難民來港種菜是擠不進工廠的次選，如果嚮往農村，怎會來到城市？隨著八十年代內地菜傾銷，田地荒涼，二、三十年來更形成農業斷層。今天在台灣種米，有技術、有工具，賴青松隨時都可以找到老農夫指教，並且請到幫工。可是在香港，該問誰？

有朋友找到一塊田想種米，也找到一頭小牛，可是就苦無工具不知如何讓小牛去犁田！

缺乏回憶支撐、農業技術斷層，可是賴青松相信這顯得種田在香港更重要：「在開賭場的地方，有人不賭，還要賣玫瑰花！賭場多希望人人都可以坐下來賭，那他就贏了，你看你們多刺眼！」

他說：「十輩子做不了李嘉誠，那就做李嘉誠做不到的事吧，例如放棄財富的追求，那是他一輩子沒做到的。」

宜蘭大片米田在冬天都會休耕。

美好花生

在花蓮鳳林遇到梁郁倫和鍾順龍，很快便一見如故。

順龍在英國唸視覺藝術碩士的大學，正好是我以前唸過的，他畢業回到台灣後，又進到蘋果日報當攝影師，話匣子馬上打開。郁倫呢，在英國唸完藝術管理後在某藝術基金會當策展組組長，幾乎每個星期都得來香港開會，聊起來原來有一堆文化界朋友都認識。

生活圈子明明應該很相近，這對夫婦卻是住在「遙遠」的世界：在台灣東部的農業小鎮炒花生。

「習慣嗎？」我不禁問。

「要說習慣的話，我覺得更適合的形容詞是說我很喜歡，很喜歡這樣的環境跟生活。」郁倫溫柔地說。順龍一副坦然，他就在鳳林出生長大，現在回來和父母住在一起，幫忙農務外，閒時還能拍攝更多作品。

二零零二年，順龍的媽媽為了讓女兒多一點收入，開始「美好花生」的生意。花生要剝、挑、篩，都洗淨了，鹽巴在鍋子炒到燙，馬上就把花生放進去炒，拿著大鐵鏟不斷翻炒，慢一點，可能就燒焦了，鹽和花生的總重量可以多達十公斤，翻炒的次數接近一千下，手又酸又累，夏天更是熱得可怕。炒起來的花生，還要再悶一下逼出花生香，然後倒在竹

郁倫和順子選擇回到鄉下炒花生，生活充實而滿有夢想。

篩自然降溫。

這樣一鍋，只炒出七瓶花生。

太辛苦，女兒嫌熱不願炒，鍾媽媽獨自撐了幾年，手也勞損受傷。沒想到二零零九年留學的兒子會帶同媳婦回來接手。「你們是真的嗎？」直到順龍和郁倫要從台北搬回來的前一天，媽媽還在問，她高興得難以置信。

媽媽本來就有很多好想法，順龍和郁倫也幫忙經營。他們盡可能向當地農夫購買最好品質的「台南選九號」花生，雖然鳳林冬天濕冷，第二造的花生可能無法曬乾，需要向陽光充沛的台南補購。並且把花生分散給社區裡的長者剝花生，好多長者都主動要求幫忙，除了是小小的收入，主要是在家太空閒，例如有長者本來患上抑鬱病，但剝花生穩定的聲音，像木魚一般把心定下來了。

還有花生的玻璃瓶子，是回收自城市裡的牛奶瓶子，清洗很麻煩，消毒處理費用比買新瓶子更貴，可是為了善用資源，只要人們肯把舊瓶子送過來，鍾家都會回收，還加上花布，包裝得漂漂亮亮。

一盤生意，可是支持著整個地區的農業、社區的食物加工業、以至協助城市資源回收。

順龍本來就是農村小孩，郁倫來自南投的埔里，家裡是做生意的，現在戴上花布頭巾、挽起袖子就當起農婦來，第一個不捨得的，就是梁媽媽。郁倫說有次回娘家，媽媽摸著她的手哭起來，說她的手變好粗。媽媽心痛女兒難得出國留學，還可到海外工作，怎會跑去鄉下炒花生。

「可是，媽媽我很快樂啊！」郁倫嚇一跳，連忙安慰媽媽。她形容自己就像來到「金銀島」，眼前一切都是美好的禮物：學說客家話、學播種、學炒花生、學做草仔粿、學習看氣候、在大地與自然中重新認識節氣與時序、看著家人用曬乾的管芒做掃把、鄰居阿婆劈柴起火、阿伯用竹枝搭起籬笆種菜瓜……

「美好花生」並且可以是她和順龍的「事業」，兩人的藝術背景一點都沒放下，農業可以和創意產業結合，還可辦講座、工作坊等。「在我想像中有太多的連結和藍圖，不只是花生，但如果我連花生都不會炒，連花生都賣不出去，後面這些東西都不用談。」郁倫堅定地說。

我回到香港後不久，就收到兩人的新書《自家味，傳承媽媽好滋味》，郁倫撰文，順龍拍攝，圖文並茂地紀錄媽媽們傳統與創新的廚藝。我在地鐵翻看，四周的人都在偷瞄，好吸引！

臨別拿了兩把花生，回到香港長得很粗壯，熱切期待收成！

花蓮咖啡香

咖啡店的老闆嚇了一嚇：八、九個原住民走進來，黑黑壯壯看來都不是城裡人，居然坐下來，每人點一杯咖啡。

不是比較喜歡喝米酒嗎？老闆心裡嘀咕，沖咖啡時背後十數隻眼睛直瞪著，好緊張！咖啡來到，沒人加糖加奶，大家都非常認真地品嚐。「老闆，你來我們那邊，教我們煮咖啡好不好？」其中一人終於開口。

說話的，是顏嘉成，他其實不是原住民，但和花蓮瑞穗鄉山上的阿美族迦納納部落混得好熟，還得了阿美族的名字Sra。

嘉成唸建築和自然景觀，曾經在台北的城鄉研究所工作過，台北近年好多年青人跑到宜蘭、花蓮等這些比較「鄉土」的地方生活，他也是其中一位，現在花蓮東華大學自然資源與環境研究所攻讀博士學位。二零零七年，他偶然認識這山上的部落，當時村子裡，都是發霉的咖啡豆。

日本人佔領台灣的年代，就在花蓮山上種咖啡，後來漸漸被其他農作物取代，例如檳榔，但檳榔的市場也一直在收縮。二千年台灣流行喝咖啡，山上也再次種咖啡，可是咖啡樹要種六年才有穩定的收成，二零零七年大豐收，咖啡熱潮卻早過了，咖啡豆都賣不出去。

熟透的紅咖啡，好甜！

花蓮多了台北來的新青年，就有新想法，嘉成決定要改變部落和咖啡的關係。「你們都知道誰種的檳榔好吃，可是誰種咖啡好喝？」嘉成一問，大家都說不出。世界很多地方可能都一樣，農夫種咖啡，可是不一定有機會喝咖啡，只是當豆子批發賣出去，也就沒法避免被剝削。嘉成逢星期四就把烘焙好咖啡豆帶上山，大家一起喝到飽：「要喝六杯咖啡！」

六杯？

「Esppesso 大小的杯子啦。」他連忙解釋。不加糖不加奶，就是純然的熱咖啡，大家這才發現，不同農夫種出來的咖啡豆，味道差天共地。一、兩個月後，嘉成開始摻進外國的高級咖啡，進一步分析好壞，然後還帶大家去花蓮城裡的咖啡店、再請人到山上教煮咖啡。

原住民不但出乎意料地喜歡喝咖啡，並且還有「副作用」：品嚐咖啡，味蕾要很敏感，不能喝酒、食檳榔，甚至也少了抽煙！

二零零九年，嘉成以「加納納咖啡部落實驗室」召集了一批城裡的咖啡「認養人」，他們支持部落用有機方法種植，願意預先訂購一年或半年的咖啡。第一批烘焙好的咖啡豆，是林阿妹種的，不用農藥改噴辣椒水，弄到自己淚流滿面，並且幾乎天天都得人手割草。

成熟了的紅色咖啡漿果，一顆顆從樹上採下來再泡在水裡，浮起的空心的漿果都得撿掉，再用水洗方式發酵，接下來還要經過七天以上的架高日曬，其間不斷地翻攪，才能曬出均勻的色澤。曬好的豆子會由機器去殼、拋光，再經過嚴選，確保每顆豆都是完好無缺。

接著咖啡豆拿去兩間花蓮有名的咖啡店烘培，老闆都是本地有機種植的支持者，烘焙好了，這才速遞到各訂戶手上。

三年間「實驗室」發展成為「迦納納部落合作農場」，並且成立「迦納納部落發展協會」，現在向咖啡認養人發信的，是「農場經理」黃正宏。正宏本來跟很多年青原住民一樣，只能去城市打工，因為部落合作種咖啡，終於有機會回家裡和老人小孩一同生活。除了正宏，協會還聘請了族中三位居民。

目前合作種有機咖啡的農戶有三位，收成應該可以有一千公斤，只是二零一一年天氣不穩影響品質，挑選過後只有六百公斤，僅能供應「認養人」半年的訂單。二零一二年會加到六位農戶，嘉成最大夢想，是全部十二位迦納納族的農戶都可以一起合作：「如果順利，可以年產兩噸咖啡豆，收入不會少過台北的GPD呢！」

正宏、嘉成和十多個族民一起閒坐聊天，置身的竹子屋，是較早前大家一起合力蓋的。一位長者熟練地煮咖啡，登時滿室都是濃郁香氣——迦納納的咖啡，前段喝起來很順滑，後段苦味和香味慢慢滲出來，會有回甘的餘韻。

來自迦納納部落的長老沖得一手好咖啡。

高山綠竹筍

巴士沿著花蓮海邊行走，上到高山，又再落到海邊，太平洋的風張揚地吹。終於來到山上。

小馬帶我們走進一個叢林，檳榔樹夾雜著其他林木，地上都是大石頭，他指向一個小山洞：「我阿公以前因為打獵時，第一次來到這裡，天剛好下大雨，他就是躲進這個山洞裡。」小馬是布農族原住民，布農族人本來都在山的另一邊，唯獨他的祖父意外來到山的這一邊，雨水滴　打在肥沃的泥土上，他一心動，就把家人全部搬過來。

住下來，就不再打獵了，開始種田。「以前這裡都是梯田，種禾稻，我媽媽還有種地瓜、生薑、木瓜。」只是到了小馬這代，全部都去了城裡工作，田地又隱沒山林。媽媽不捨得山上的生活，仍然和很多阿美族的原住民老人一起，住在山上。

三十出頭的小馬，兩年前對農業產生興趣，尤其知道了「迦納納部落合作農場」，馬上想到自己的族人——如果山上的地可以復耕，年青的原住民是否可以回到自己的土地上生活？起碼現在還待在山上的長者，也可以多一點收入。

「雖然不見得會成功，但肯嘗試，就起碼有機會成功。」他特地去上強調永續設計的Permaculture課程，二零一一年開始上山種植綠竹筍。雖然這山地曾經種米，但不如平

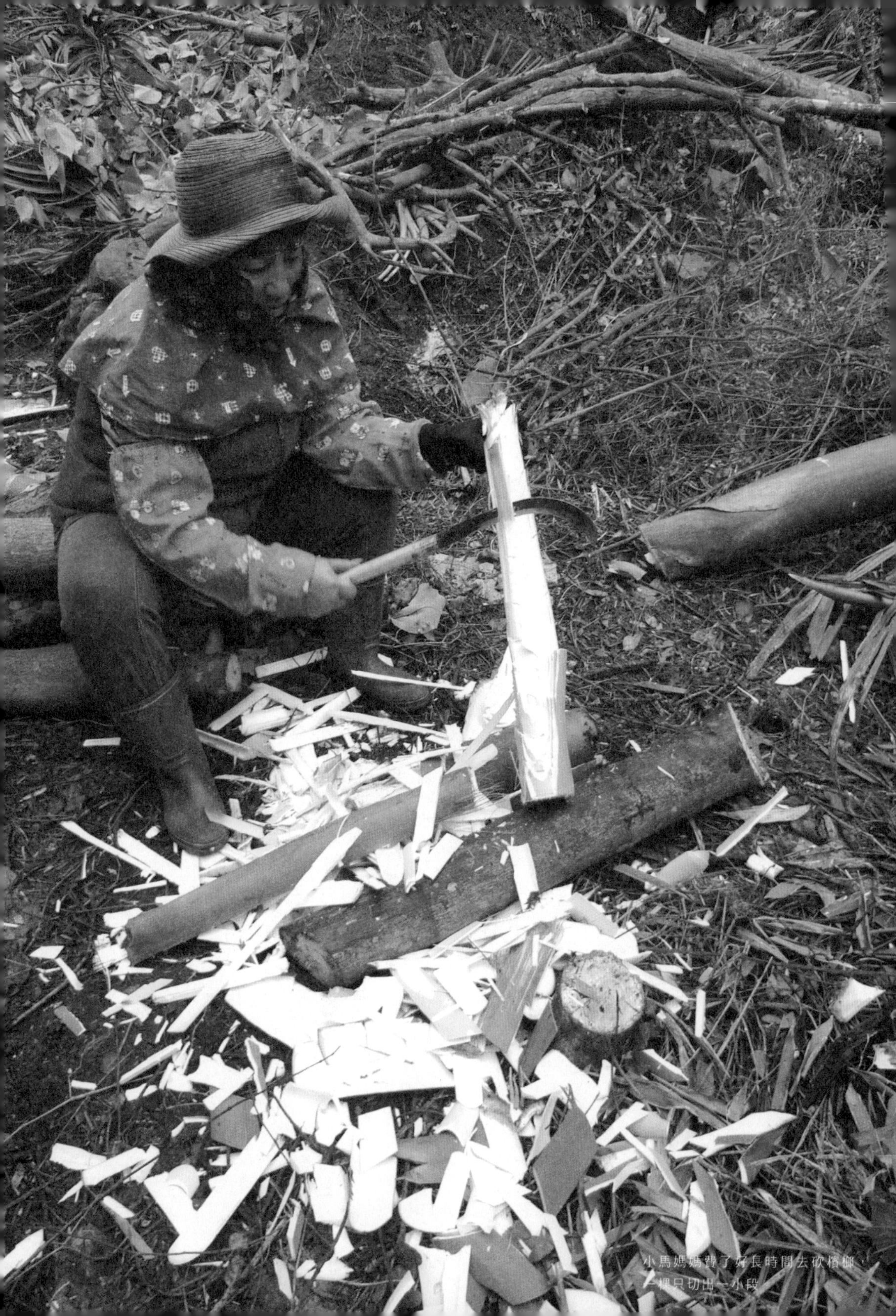

小馬媽媽費了好長時間去砍檳榔，一棵只切出一小段

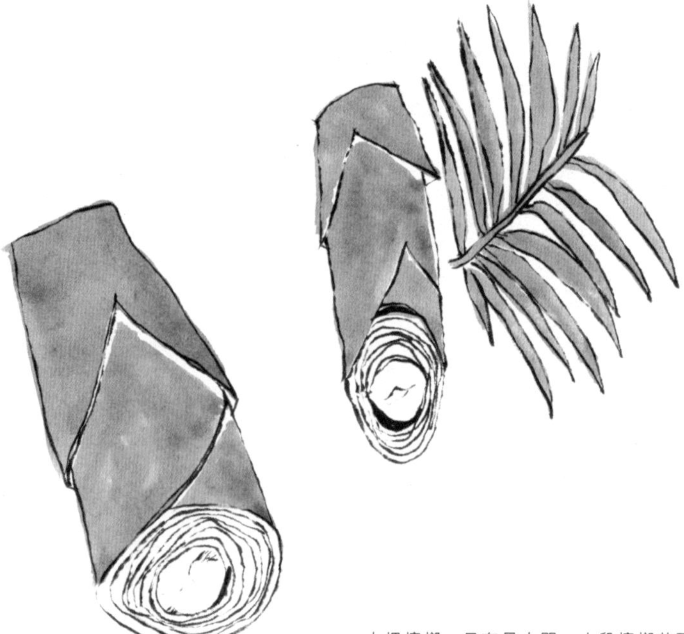

一大棵檳榔，只有最中間一小段檳榔芯可以吃。

地可以用機械省人手，繼續種木瓜也賣不出好價錢，不如試試綠竹筍這經濟價值較高的作物吧。

小馬特地挑了三處地方，用三種不同的有機方法種植，雖然都不用化肥農藥，但一種完全不施肥，一種會用菌種施肥，一種則利用天然地理環境，適當地修理樹木和整理石頭，把綠竹筍種在腐植質積聚的位置。

「知道哪種方法種筍子最好，就可以游說其他居民一起種了。」他一臉認真。小馬在城裡上班，每個月可以儲足十天假期一次過放，於是一放假就到山上種田，等於完全沒有休息。

小馬媽媽在旁砍檳榔樹。他們家不吃檳榔，也不想做檳榔的生意，五米高檳榔樹斬下來，就是砍開，拿出大約長如手臂、粗如手腕的檳榔芯。媽媽除了把檳榔芯煮湯，還採摘了山蘇等各式各樣的野菜，準備晚上來一頓野菜宴。

香港人吃菜的口味本來就單調，本地農夫都歎息大家只愛吃菜心，看到如此豐富的野菜種類，格外地羡慕。

小馬媽媽還能幹粗活，最初兒子說要回來種田，她很高興地幫忙平整土地，可是開始種綠竹筍，兩人就不時吵架。

「她不相信我的種法，常常起些小口角，工作太多，她累，我也累。」小馬說可是當筍子慢慢長大，就有微妙的變化：「我媽也覺得很開心，像是從植物得到力量。」

村裡的老人已很久沒有看見年輕人回來幹活了，看到新鮮的有機耕種，也很好奇，可是都在等綠竹筍能否賣到好價錢。小馬也就更耐著性子去嘗試：「我結了婚，可是還沒小孩，如果有孩子就沒時間嘗試了。有句話很妙：先開槍後瞄準，試了再說吧！」

鄉間小路

「If you eat, you are involved in agriculture.」

這是台灣《鄉間小路》月刊的理念，農業與生活結合，透過介紹時令蔬果、環境生態、園藝、旅遊等休閒的文章，讓城市人感受農村的活力和尊嚴，認識不同價值觀念的生活型態。

二零一二年二月《鄉間小路》編輯沈岱樺來訪香港，難得地在Kubrick書店開了一場分享會，談談在台灣，如何透過農業營造社區。不想出席分享會的香港人只能羡慕，大歎：「香港就不成啦。」——就是行不通，也得清楚原因。

於是亦邀請了香港有機生活發展基金理事馮志輝和「老農田」有機農場負責人葉子盛，兩位都是在九十年代已經開始在香港參與有機耕種，走得很前。馮志輝近年已經專注內地菜場，葉子盛則有份創辦香港永續栽培學苑，積極推廣城市耕種。鄭淑貞一直在灣仔推動社區貨幣「時分券」，又設立有機社企「土作坊」把農夫和消費者連接起來，她是香港少數社會工作者，嘗試結合農業和社區發展。

無農地、無技術、無支援，香港農業可以是一連串的「無」，然而出席朋友過百，發言踴躍——不同人有不同想法，本土務農生活，充滿可能。

講者：
沈岱樺　《鄉間小路》編輯
葉子盛　「老農田」有機農場負責人
馮志輝　香港有機生活發展基金理事
鄭淑貞　灣仔有機社企「土作坊」項目主管

香港有「農」無「業」？

沈岱樺：我們的雜誌社是農業出版社，有一本超過六十年歷史的雜誌《豐年》，主要是針對農夫介紹耕種技術。民國八零年（一九九一年），編輯部覺得台灣應該需要一本針對消費者的農業雜誌，而且是比較生活的，於是便有了這本《鄉間小路》月刊雜誌。創刊二十年，一直都是雜誌社總編輯來編，去年總編輯覺得是時候把這本雜誌交棒給年輕人，於是我很幸運地接手。

《鄉間小路》通過簡單的語言，務農人的故事來感動城市人，讓讀者瞭解到，原來台灣有這樣的農業生活。每期內容介紹台灣這個時節該吃什麼，透過非常生活化的方式介紹台灣的土地、農業，甚至帶到旅遊。社區也一直是我們報道關注的方向。

舉一個例子：台灣921地震對台中的影響比較大，而台中的南投是台灣重要的農業產區，那時一群從事農業報道的朋友就想怎樣進入社區，重振社區農業經濟。這些朋友包括馮小非，本來對農業不是很瞭解，但在傳播方面比較有影響力，於是做了一個社區報，讓大家知道哪一家發生了什麼事，哪一戶有什麼需要幫忙，作為一個連接社區的紐帶。

南投還有一些回鄉子弟，曾經在城市工作，現在想回鄉建設、從事務農工作。馮小非就和回鄉子弟一起思考，怎樣把南投主要生產的柳丁，變成柳丁醋，再賦予一個品牌「溪底遙學業農園」，提倡農業生產無毒、無農藥。原先一公斤才一、兩塊台幣的柳丁，加工成柳丁醋，一瓶可賣四百五十台幣。

除了透過農產品加工發展地區農業，當地的婦女也用「植物染」的藍染手藝活化本地經濟。畢竟重建社區經濟，必須有農民參與，從農民開始，讓他們有真正的生產，會讓他們安心，以此重建、活化社區經濟。

溪底遙也特別重視「學習」。重建的災區有很多老人和孩童，地震震跨了很多學校，學生的學習資源很少。因此民間團體就和台灣的中華電信合作，通過搭建網絡學習平臺，呼籲捐資捐書，幫助當地受影響農家子弟讀書。

這是個全面的社區重建工程，婦女、農人、小孩都被照顧到了。

還有一點我認為比較特別，就是網絡：因為部落格非常發達，還有電子報。很多進入社區的朋友開始通過網絡，架構一個平臺，通過「面書」（Facebook）建立新聞平臺，讓關注農業議題朋友隨時知道社區發生的事，參與經營社區。

葉子盛：二零零二年我在台灣專程拜訪豐年社，那裡的店員很熱情，我幾乎花光了身上所有的台幣來買雜誌和農業書。在台灣兩個星期跑了很多有機農場，覺得台灣的農業有很大活力。雖然當時台灣農業已走下坡路，但他們會想一些新的方法，從低谷中走出來。譬如岱樺剛才所講的台灣「回鄉農民」，台灣年輕人跟「三農」（農民、農村、農業）關係脫離得並不是很久，他們的爸爸，或者爺爺可能一直務農。

但香港不同：比如我父親是農民，但在來香港前，在國內是教書的。這類五、六、七十年代來香港的移民，來港後才務農為生，而再早一批香港本地的原居民農民，農業生涯其實在八十年代停止了。

我個人認為香港農業已經死掉——「三農」：農民，農村，農業，在香港，農村基本已經消失了，農民現今是散兵游勇，農業沒有「視野」，政府也不重視。

香港要走的農業模式會跟台灣、國內不同——由「都市人」創建的新的農業，他們大都是群厭倦「城市生活」或者想要靠務農緩解壓力，怎樣整合這些小農社、理順這種模式，使其更有價值更具意義地發展，是值得思考的問題。

馮志輝：我在一九九四年開始務農，最初是養魚、養鵝，九五年開始有機耕種。最初經常上台灣的農網，台灣的耕種課程很便宜，一直看了兩、三年，終於有一天鼓起勇氣報名，告訴他們我來自香港。工作人員很快答覆：香港的朋友也可以來，價錢一樣，我驚喜得不敢相信，可惜時間安排不來，真遺憾。

香港有「農」不成「業」，現在的所謂「農業」，其實是死掉後又被提起的。

香港的確有農民，有參與農耕的人，但不成一個「業」，因為當人們把「務農」從「玩」轉而推動成「事業」時，便會面對諸多困難。例如肥料很貴、買不到可以控制蟲害的有機產品。十年前我就把農場轉向內地，「移田北上」就是因為香港沒有農業資源。例如香港沒有動物糞便，在香港務農不可能「朝九晚五」，講到「地利」，更沒法與「寶島」相比，香港菠蘿比台灣的小，洛神花亦有病毒，可種植品種有限。

如何支持本土農業？

鄭淑貞：六、七年前我開始接觸許多本地的農民，農民靠單打獨鬥發展農業是很困難的。大概五年前，土作坊跟六個有機農場合作，為六個訂戶送菜，最初只是訂購三十六斤菜，到現在灣仔社區每月賣出幾千斤菜，一年處理十幾噸。

我們賣菜的對象是基層街坊，有的可能是有國內農民背景的新移民，了解農夫的處境。為了減少社區分化，我們零六年引用了「時分券」：「有錢出錢有力出力」，基層街坊市民可以用勞動力，換取時分券買有機菜，農夫就收七、八成的現金，餘下兩、三成的時分券，可以請街坊加工，例如由街坊做素蘿蔔糕、洛神花醬、有機薑糖等。

土作坊把「純消費者」通過從事社區生產、加工，轉變成第二生產者。譬如收購本地生產的蓮子，再造成有機月餅，通過一起勞動經營，去感動周圍的人，感悟人生——農業不僅是農民的事，亦是大家一起參與的運動，這場運動需要不同的資源來推動。

以前「社區經濟」可以是某條街內，一群人小本經營的模式，而如今城市變得愈來愈天橋化、商場化，這些小本經營已逐漸消失了。面對如此處境，我們每一個人都該身體力行，用自己的消費行為支持本地農業。

我認為香港是有農業的，發展本地農業才是香港唯一的出路。面對土地的拉鋸戰，我們需要告訴政府，我們需要農業。只有有「需要」的訴求，本地農業才可存在和發展。

沈岱樺：謝謝大家對台灣農業的厚愛和認可。可是農業在台灣整個產業佔的比例很小，政府對農業的投入不多，也存在「農人老齡化」問題。

台灣關注農業問題，其實是跟飲食安全有關。愈來愈多的消費者傾向去假日農夫市集，直接跟本地農民交易，跟農人建立直接關係，幫助發展本地農業。也有一些有心的朋友，通過開設「民宿」，介紹當地特色農產品，把地區產業連接在一起。例如花蓮的民宿，可以採用當地農產品，經過主人介紹，旅人可能會買當地的農產品。在台灣，社運人士也比較關心本地的農業，會代農民擬出議題，向政府發聲，呼籲社會關注。

馮志輝：我不是給香港農業「潑冷水」，但舉個例子，如果農夫種田的物資來自神州大地——肥料來自蘭州、種子來自荷蘭、空運英國的農具，再用三峽大壩電力灌溉，這樣的耕種是否算環保？香港種植的情況很「奇怪」，我見過一個朋友種豆，用比利時的雞屎做肥料，真是匪夷所思。

禽流感時，我曾經上街遊行，呼籲政府不該把雞屎扔掉，為什麼不留給農民用？香港應該扶植本地種植業，留資源給農民使用。但很可惜，政府並無這樣做。

我是實實在在以農民的角度分析香港農業現狀，當然，城市農業的發展可以是「多線」式的，絕對支持有更多如「土作坊」這樣的機構，加工有機農產品，幫助社區農業。

鄭淑貞：怎樣使每個社區都有類似「土作坊」機構，加入本土農業的銷售和生產網絡？香港也許很難有「大農」業，缺乏是農業技術、農業資源，發展落後於大陸、台灣。香港種子大部份都是進口的，很多國家都有研發本國的種子，可香港卻因價錢昂貴而擱置。

大家需要一起行動，如果坐以待斃的話，十年八載後土地價值攀高，本地農產品會買少見少。

農業技術如何承傳？

葉子盛：香港近年出現了「回歸農田」的風潮，比如菜園村抗爭的農民、一群社運八十後，他們參與保衛本土農業，重新審視都市裡的農業，這是好事。只是香港農夫可以租到的農地面積很少，單靠農田「生產」很難生存。

一個想從事務農的年輕人，如果目標是月入三、四萬，靠耕田生產是無法實現的，但對於那些一直務農為「根」的人，每月靠農田收入過萬就很滿足了，因為過去可能他們的收入只有三、四千。但年輕人是否捱得住、吃得了苦，長期耕種呢？

對於非「農家背景」出身的人來說，種菜還真的很難。每次看到他們費力在田裡耕種，都感歎這群有心有夢想的新農夫缺乏技術。

農業發展靠的不是夢想，是技術。年輕人耕田，很多是抱著「玩」的態度，要持之以恆走下去的話，必須用「技術」支持。只要持之以恆，「技術」是可以改進的。

我自己開農場十多年，不從事生產，轉賣「技術」，生產真的很辛苦，而且賣技術賺錢比賣農產品多十幾倍。農業的模式不一定是「生產——消費」這樣的舊模式。不少八十後帶領「城市人」到新界耕田，獲得一種新的充實，不是用產地、錢來衡量的。

台下發言1：我自己對農業抱有夢想也很現實。零九年菜園村抗爭，那時我都覺得不可能，怎樣都是要搬要拆的，抗爭有什麼用？如今看來，雖然最後還是被迫搬遷，但至少仍保留了農田和耕種的社區形態。

香港農業面臨的危機提醒我們，要實現「夢想」需要切實的行動，比如發展培訓師計劃（Train the Trainer），培訓 Trainer 對農業發展至關重要，是否可以考慮透過本地的「老農夫」，譬如菜園村那些老一輩農夫，可能沒有有機耕種經驗，但傳統的技術也值得推廣給青年一代。

台下發言2：香港農業是有斷層，如今我們可以嘗試把「老農夫」請出來，普及種植技術。雖然老農夫多數說客家話或圍頭話，農業的技術詞彙也不易明白，但可以嘗試找第二代的農夫幫忙翻譯，收集技術傳開去。香港也有一些新移民是有農業技術的，可以幫忙。

舉個例子，在台灣花蓮的「大王菜舖子」，除了把花蓮農夫的農產品直銷到全台灣，並且還定期舉辦「農夫學堂」，請農夫教授種植技術，都市人不僅是「共同消費者」，還可以是「學生」學習農耕技術。

如何連結社區？

鄭淑貞：「土作坊」現在也跟天水圍社區合作。天水圍社區現在使用的是一個類似「時分券」的「低保券」，一種針對最低工資、基本生活保障、全民退休保障而發放的社區貨幣。推行者是一批新移民和熱心街坊，最初也倡導「共同購買」，但由於組織者力量不足，經營困難，「土作坊」就同天水圍社區策劃了「天水圍╳灣仔，社區經濟互通計劃」：讓「時分券」和「低保券」的價值互通。

農夫需要幫助時，地理上，天水圍居民會較灣仔街坊更方便。兩個社區共同行動，也推動到農產品技術交流。現在天水圍已經嘗試用本地農產品製作蒜頭醋、蒜頭蜜糖，不過由於地產商壟斷商場，產品很難賣出去，如果香港每一個地區都有「墟市」售賣本地產品，墟市之間又可相互合作，社區以及本地農業都會重新有活力。

香港現在的發展是孤立的，每個人都只關注自己做的事，人與人之間，社區之間沒有聯繫起來。當孤立的力量沒有被「整合」，它們帶來的影響力也是七零八落，不成氣候的。「土作坊」從事的「銷售」，其實就是把社區勞動力聯合起來，將個人的勞動力釋放出來，組合起來，這樣才會發揮更好的創造力，延續社區生命力。當然也會遇到難題，比如早在灣仔區街坊一起從事食品加工，但要大規模加工農產品時，就要有牌照這些不利的政策。

沈岱樺：台灣農業強調「三生」——生產、生活、生態。

香港朋友很喜歡談「有機」，在台灣我們更關注「人與人的認證」，消費者願意與生產者建立信任關係，相信生產者提供的食物是健康安全的。台灣的有機法令很複雜，譬如製作有機草莓醬，即使原料是有機草莓，但加工時用到的糖、水都需要驗證，很多小本經營的

台灣的大王菜舖子除了協助城市人跟農夫買菜，還會定期舉辦農法班，把技術教給年青農夫。

農民和加工商，沒有多餘的精力和財力去獲得官方有機認證。而類似工作坊的加工食物，也不需要領牌照。

台灣的「大王菜舖子」的豆漿最初是用外地黃豆，但一群有心的社運青年和「大王」的經營者開始思考，希望用本地的黃豆。這群熱心青年就在花蓮種黃豆，再磨成豆漿，並在當地的餐廳和獨立書店出售，市民透過書店和餐廳吃到本土的食物，農友也會在書店餐廳講座，這樣聯合作用下，全台各地都會認識花蓮有一群人用本地種子生產豆漿。

台灣農產品的價格也容易受產量影響，為保障農民避免被壓價，一些學校、社區機構會收購農產品，變成學校「營養午餐計劃」的食材，變相教育年青一代，告訴青年人他們的「飯從哪裡來」。即便有一天本地某種農產品消失了，青年一代也會記得他們曾吃過本地的蔬果。

土地從何來？

台下發言3：我們剛才討論了發展本港農業，技術和消費群的重要，但土地才是農業最重要的源頭。香港到底哪裡有土地讓農人有田種？是否有土地可以讓農民長久耕種？現實是本地一些農田像馬屎埔都被地產商買走了，可以隨時「收地」。

二十年前一個農夫去天光墟賣菜，每天可以有一、兩千塊收，如今可能整個月也才二、三千塊，怎樣叫農夫繼續呢？我們要思考的是，怎樣在投入了人力財力後，確保本地農業持續發展，走出「土地」的困局，除了要靠民間力量推行，也要政府政策扶持。現在政府只是推廣一些溫室西瓜等稀奇古怪的品種，農夫很難種，種得出亦難出售，根本幫助不了。

台下發言4：我在北區租了一塊田，很適合種稻米，而且很幸運還有一頭牛。可是找不到給牛用的農具，也不懂怎樣教小牛耕田，惟有用翻土機，希望還是可以種出「元朗絲苗」。

我也在錦田遇到一位七十多歲的婆婆，懂種田，可是說客家話，她說可以教我種田，可是我得先跟她學客家話，我學了很久，學得很差，但勉強可以溝通。

剛剛提到灣仔、天水圍，其實都是城市人，可是種田、食物加工，應該跟老師傅多溝通，能否在社區內開設學習小組，請懂客家話的翻譯，幫助普及農業技術？畢竟發展本地農業最有效的方法就是跟本地農夫學習本地農耕技巧，親身落田。

雜誌如何推動讀者？

台下發言5：《鄉間小路》的目標群體是普羅大眾，能否分享雜誌是怎樣把農業信息普及給大眾，怎樣做到「連接」的角色？在社區經營的過程中又扮演怎樣的角色？

沈岱樺：《鄉間小路》就是「傳播」的角色，告訴消費者：吃東西，就已經參與了農業。雜誌從「吃」的源頭開始，幫助大家認識食物，瞭解食物從哪裡來，怎樣「吃食」。我們提倡「當季當令」，譬如冬天吃西瓜，不健康、不環保，「食物里程」更長。

至於農業技術，我們會挑選基要和必要的議題，用輕鬆的方法，例如插畫、紀錄片等，用多媒體形式傳遞給大眾。雜誌也關注「健康」議題，設有「生活保健」。將「健康」話題帶入社區，講述當地特殊的人文故事，譬如農家婦女的故事，通過故事傳遞信息，關注健康、生態和農業。

上任的主編是在她四十歲時接手雜誌，一做二十年，讀者年紀也稍大，現在的讀者群多為四十歲以上的中年人，還有六十多歲的。

雜誌雖然很重視視覺效果，也需要在排版上考慮老人的閱讀習慣，字體都比較大；同時，這群中老年讀者的忠誠度很高，很多議題他們會打電話給編輯部獻計獻策，熱心幫忙。現在，我們雜誌需要考慮的問題是如何鞏固年長讀者，並在此基礎上吸引更多台灣的年輕人關注雜誌，關心食品、農業問題，畢竟台灣未來農業的生產、傳播、社區經濟都要靠年輕人。

雜誌運營的資金，主要靠「農委會」補貼，但稿費之類的，基本是靠「接案子」，與機構團體合作。

我也推薦一個新聞式電子雜誌《上下游》，創辦人是馮小非，就是先前提到那位在地震後幫助重建農業社區的義工。這本雜誌的特點是：每個人都是作者。比如有人在客家部落種田，他可以把該地的農耕生活發表在網絡，有相同興趣的讀者就會透過網絡結成社群，共享資源，參與討論，更大範圍、更有效地傳播。

另外台灣每個城市也有自己的社區大學，比如高雄縣的旗美社區大學，主要教授農業技術，有很多年輕朋友也來參與，前段時間就開辦了「半農半╳」工作坊，請到日本的塩見直紀先生現場講座。

台灣的土地政策亦不利於農地的發展。台灣的地多被零碎化，沒有大片土地供農機大規模耕作，台灣的農業也在探尋下一步的出路。需要強調的是，我們要站在「消費者」的位置，思考食物的源頭，多接觸農夫，認識食材，瞭解「食物從哪裡來」；多走訪假日市集，跟農民成為朋友，走入農地，鼓勵農民生產，形成「消費者╳農夫」的良善互動。

香港務農的未來？

馮志輝：我同意岱樺的講法，要多條線發展農業，多嘗試新方法，探索新思路。香港的農業發展確實需要多線合作，能夠做什麼，就做什麼，多幾個類似的「土作坊」當然是好的。

大王烤麵包，非常認真地燒爐作準備，他強調品質一定要好，不能要求別人因為好心長期支持。

葉子盛：要關心年長的農夫，不止為了技術交流。我農場附近就有老農夫，可是不是每一個來我農場種田的朋友，會去打招呼。可是有一些朋友會去主動關心，農夫的菜不賣，可是會送，那些朋友就送一些米去交換，真正走進農夫的生活，就可以聽到不少舊時種田的故事。

香港不該提到農業就聯想到「產業」，很多農夫並不樂意「大規模」、「產業化」種菜，而「半農半╳」地生活、協助農產品加工、教育社區、發展社區經濟等，可以有多樣化的形式去促進本地農業。現在一些年青人對耕田有點「瘋狂」了，應該開拓思路，走一條靠「技術╳教育╳生態╳社區農業」的新模式，也不要只等政府幫忙。

我自小成長在農民家庭，中四那年寫週記，說如果可以繼續像父親當農夫就好了。老師是那種港大畢業生，就回說很好啊。我看了，寫了四頁回給老師，罵他知不知道在香港做農夫有多辛苦！把父親的辛苦寫給老師看，老師無言。我很明白種田是苦役，雖然真的很喜歡那環境。

大學畢業後我去「綠田園基金會」工作，最大的啟迪是：農業不一定做「生產」，賣菜的價錢太低，冬瓜價錢不好，又要改種老黃瓜，可是懂種田是可以當導師，就決定轉為教授技術，尤甚是推動城市農耕。

鄭淑貞：香港農業的確有很多可能，比如「時分券」的價值很難估計，但它的作用有目共睹。可能農人賺的不多，但鄉下自然的空氣、舒適的環境，農耕帶來的「滿足感」可能都是農夫珍惜重視的，也希望其他香港人可以感受到。

分享一個例子，我大女兒現在十二歲了，當年唸小學一年級時，學校推廣教育小型農場，提倡種有機菜，大家也很嚮往吃有機菜。可是大家一看到昆蟲就會打死，我惟有抽空加入一起種田，教孩子們知道昆蟲的作用，也懂得用一些有機方法驅趕。學校堅持了七年，果然影響到學生和一批家長，大家會保留種子，不盲目求種得很大，小朋友也不會害怕昆蟲。

至於香港的土地現實令人擔憂，但我們是否可以嘗試「投資買地」？全球的資本擴張基本都是靠「圈地」的，香港的地產商也不例外，我們是否可以合力投資，買一些偏僻的，未被地產商收購的農地，為將來的農業儲地？

在內地的青海，藏民同樣面臨被邊緣化，政府收地發展經濟。但有一群年輕的藏民，他們自己組織資金，一同買地，保護當地的生態。

過往失敗的經驗，可以教曉人們思考、突破困局的新方法。對未來農業發展，要有信心。

學著台灣，香港也漸漸流行麵包窰，對農耕生活的嚮往在蔓延。

有米

陳曉蕾 著

責任編輯 / 莊櫻妮
書籍設計及插畫 / 王春子

出版 / 三聯書店（香港）有限公司
香港北角英皇道四九九號北角工業大廈二十樓
Joint Publishing (Hong Kong) Co., Ltd.
20/F., North Point Industrial Building,
499 King's Road, North Point, Hong Kong

發行 / 香港聯合書刊物流有限公司
香港新界大埔汀麗路三十六號三字樓

印刷 / 中華商務彩色印刷有限公司
香港新界大埔汀麗路三十六號十四字樓

版次 / 二零一二年五月香港第一版第一次印刷
二零一二年七月香港第一版第二次印刷

規格 / 十六開（170mm × 225mm）二四零面

國際書號 / ISBN 978-962-04-3217-0